诗歌风尚

迷人的踌躇

先锋现场 ✡ 青年阵地

娜仁琪琪格 主编

2016年第一卷
总第002卷

POETRY FASHION

長江出版傳媒
长江文艺出版社

诗歌风尚

先锋现场 ✡ 青年阵地

关注 Attention

新浪微博 @ 诗歌风赏
http://weibo.com/shigefengshang
微信公众号：诗歌风赏

新浪博客：http://blog.sina.com.cn/shigefengshang

联系 Contact Us

E-mail：shigefengshang@126.com

我们 About Us

迷人的踌躇

苏笑嫣

挨过了漫长的冬天，我们迎来了一个暧昧模糊的季节。春季，花苞含蓄，行云迟疑，阳光轻柔，春雨绵绵，万物皆呼吸细碎的影子，一切都似有难言之隐。不同于冬日的静寂，更区别于夏日的盛极一时，春季是流动的和缓，因而更使人觉得温柔细腻。在春季，好像万事万物都有一种踌躇的姿态，温吞的，犹豫的，欲迎还拒的，带着一点点的怯意，却又在轻柔的谈吐间，心似深山流泉，在暧昧迂回中语义绵长。

踌躇给人带来的是感觉上的微妙，它不是“是”，也不是“不”，不是欢天喜地的皆大欢喜，更不是故意为之的愤懑悲情，它隐含着复杂而细微的情感，如同缕射的日光中升腾起的细小飞尘。那种踌躇是迷人的：当人们在踌躇中暴露了自己的情感和弱点时，他们的身上有一种新鲜的天真。

在如今这个注重不断加速的世界，干脆显然是更受欢迎的，而踌躇总是被忽视的。人们需要的是更明确、更强烈的直接获得和感受，而踌躇的分寸把握间需要的是温吞和缓、情感的细腻与耐心，它像一切慢节奏的事物，在灯红酒绿、车马喧嚣的那些躁郁中显得不合时宜。震耳欲聋的音乐、过剩的酒精、辛辣的菜肴、隆重的情感表达，人们在一个又一个的刺激中变得疲惫麻木，在明确中活得越来越钝，而又因为枯竭麻木不断寻求着刺激。但这一切带来的仅仅是表面化的廉价和乏味，所以我珍惜那些能够看到踌躇的时刻，它让我看到一个人真实而细微的一面，如果一个人忐忑不安地表达他的爱意，在那种“不果断”中，我相信他是真的，而虚情假意向来朗朗上口。

当然，有时艺术也成了制造人为亢奋的手段，但诗歌一直静默着退居其后，它像极了踌躇的状态。真实的情感向来是复杂、深切、细腻而又艰难的，诗歌就如同处在一个中间地带，它包含了无穷微小的、无法预计的因素，在那些踌躇的微小动作中延伸出语义空间，以一种模糊的动态显示出美感的丰富、意义的动荡，充满了一种辽阔又幽微的神秘，从而带来一种余音绕梁慢慢体味的意境。在这种踌躇中，感知是极其细微的，能表达出的情感仅仅是部分，它需要一个懂得的、对等的人去了解这背后广阔的延展，而另一些人却因此无法抵达。但美，就诞生在有限与无限同时成为可见的那个时刻，能够呈现出的不过是缩减为其本身的有形，但它为更多的难以把握的事物保留了位置。

如今，深切的情感表达是多么难能可贵，语言的透明度大多只展现出其内容的匮乏，而在聊天软件上，“颜文字”、斗图聊天甚至代替了人们的语言交流，这是一个“无意义”漫天飞舞的轻浮时代，但还好我们仍有诗歌，能够让我们回到和缓的个人时间里，沉潜到静谧的最深处，在阅读中抵抗住肤浅的洪流。相信本卷的诗歌能让你在阅读中感受到那种迷人的踌躇。

001 才俊登程

017 百舸争流

093 散文诗章

封二/封三· 杨惠珺 画

Young talent

POETRY FASHION

才俊登程

胡桑 1981 年生于浙江德清。同济大学哲学博士。2007—2008 年任教于泰国宋卡王子大学普吉岛分校。2012—2013 年任德国波恩大学访问学者。著有诗集《赋形者》。译有《我曾这样寂寞生活：辛波斯卡诗选》。现任教于同济大学中文系。

渊默的人（组诗）

胡桑

命　名

旅行使我变得漫长，我试图传达黑暗的时刻，
它们却离我而去，如难产的燕子。
言辞的疾苦，毁坏了事物诞生时的快感。

小西街的瓦砾拼凑出夏天的精神分裂症。
历史再一次被推向了被告席，虚拟罪行，
我们已无法讨论未来，沮丧延伸，守着河边的弄堂。

假日既虚伪又富足，时光喧嚣，旅馆里
充满了声音。楼道加入了失眠的行列，
我需要描述高跟皮鞋的空洞，以获得安慰。

可是，在废墟上，我无权诋毁盗贼的残忍，
我并没有获得更为沉默的宁静，来化解
一块石头的傲慢，吞咽的流亡者，被口水绊住。

赋予一个名字，犹如接受一份赠礼，
失败者逐渐削弱自我，无形的经验开始
获得寂静的根系。蓄满的愤怒终于稀薄。

潜行于暗夜的城市，也来到自己的边界，
与荒野面对面，此时，才认清了速度。
我听着浴室的水声入睡，等待一个清晨使我醒来。

界　限

散步是一种纳入，人们在噪音中
沉默。街道沉睡，一丝疑惑的力量
缠绕在黄昏的树上。微胖的妇女
在一辆逆行的自行车旁跳开，咒骂了几句。

相遇在吃地沟油的人群里，
从烤肉摊走到杂货铺，有点遥远。
我们中间，谁可以拥有这个黄昏？
脚步迷茫，测量出新鲜的二氧化硫。

急促的汽车鸣声，淹没了
被方言羁绊的普通话。这就是生活的重力。
女学生、美容师和下班的白领们
低头恳求着手机，雾霾如此沉重。

祖母：寂静的人

村庄如此荒凉，人们外出上班，
唯有老人留在屋檐下，竹椅是唯一的
侣伴。祖母在黑漆漆的屋内念经，宁静
一如东升浜的湖面。她一字不识，吝啬于
每一粒米，不知激情为何物，也不懂得
炫耀，生活的纹理在身上悉数展开，
并收拢成清晰的皱纹和银发。每天，
借助拐杖，她丈量着光阴的密度，
日子沉默，像运河边的桑树。她从不
远行，也常常告诫我不要远行，言语委婉。
与河埠头朽坏的榖树一样，她没有故乡。

渊默的人

夜深了，地铁十一号线还在行走，

向着郊区，那里灯光稀疏而人群繁忙。
一个守望的人，并没有错过蔬菜状的
毛绒玩具，以及爆米花，它们又出现了，
却不能一再逗留，可是，谁也无从指责。

前进，或者后退，夜色不会改变自己的
晦暗。出站口的摩托车等着接送懒散的人，
街对面的烧烤摊烟雾正浓，生活就这样展开着，
人们在肺里交换有限的空气，就像激情消逝，
教会了人们如何亦步亦趋。醒来是一件艰难之事。

穿过沪西校区，废弃的校办工厂轻轻呼应着
过往的脚步。倒闭的面包店隐藏在沉静之中。
与匆匆归家的女人交换眼神，但不能交换匮乏，
整个的过去让我来到了这里，背了一天的伞
没有遇到一滴雨水，一名欲念的囚徒踌躇再三。

那些起皱的树恢复了繁密，这些天几乎
一成不变，迟缓的枝头不可能遇见意外。
电瓶车的灯光裁剪出一对男女的身影，
那谨慎的人，必能看见每一张恋慕的面孔。
夜深了，一个不可复制的日子，正在结束。

迟疑的人

火车即将停靠在杭州东站，我试图
搀扶一个蹲在门口的女人，她在忍痛等待。
身体就是宿命，我们的限度全在里面，
可是此刻，她只需要一双手，或一粒药？
或者躺下？一个中年男人提着大行李箱，
与我一样立在原地不动。两个少女
窃窃私语，也许出于恐惧？我掏出手机，
屏幕闪亮，照射出我对外部的疑虑，
多么笨拙的舌头，不，多么笨拙的手脚。
我用咳嗽让自己的心跳减速。女乘务员

代替我扶起了你，长发下面，你的脸部抽搐，
不知道是疾病，还是内心的痛苦缠缚了你。
我缓缓下车，想起一成不变的生活，
我知道不可能再次见到你，一阵冰冷的空气
在肺里停留了片刻。我们有多少瞬间
可以改变自己，减少体内的贫困？
像一次离别，我回头望你，女乘务员已
将你交给了车站的警务员，然后退回了
车门内。在目光中，我与你挥手道别，思考着
沉默的意义。有时候，这个世界并不是
我的，当然也不是你的。我们之间隔着
一条蓝色的深渊，浩瀚如一场大雪。这个
冬天的下午，我体内的疼痛变得晶莹，
像海边的晨曦使我透彻。然后，我要
刷票出站了，那些小旅馆的黄牛们正在拉扯，
我又一次变得冷漠，急于走到人群中去。

陈旧的人

到了早晨，就应该学会去开始。
可是，在地铁里，那些男男女女
在手机里输入普通话，脸上的
敷腴之色滴着露水，清夜的忧郁
并未涤除多少。玻璃上的身形
叠加着别人的身形。他们还能相遇？

出站口，冬天骄傲如空白。
我在黄浦区寻找一些不幸的人，
墙壁里的砖头记录着失败，我需要
一切深入幽暗的记录，让我走路时
抬起头，看见人们不可原谅的迟疑。

然后，回到出租屋，继续练习静默。
我的肉体不新鲜，买菜，做饭，
散步，呼吸汽车尾气，我要装出

忙碌的样子，吃一只干瘪的苹果，
将各种证书的复印件不断地变换顺序。

每次总是记得与眼镜店门口的松狮狗
交换痛苦，可是它一点也不痛苦，
也没有人质疑它的懒散。经过美容店、
社区医院和房产中介，我触及了
爱的粗粝。不过，生活只知道少许绝望。

踩踏的人

是的，脚也可以取走生命。黄浦的水
浑浊而冰凉，几张疑似美元的代金券
横陈在街上，像是冷笑。在冬天深处，
人们感叹着命运的无常，你们的痛苦
却是无名的，不同于那尊手插在腰间的
雕塑，上面镌刻着两个金色的黑体字，
像一阵来自死亡的寒风，在岁尾，席卷着
世人的良心。雕塑笔直地站立，它的脊椎
名为正义，只是，你们再也不能站起，
再也不能像我们一样，吃饭，生气，
刷朋友圈，拥抱，或互诉衷肠。你们离去，
身不由己。是的，天空中多了无数惊恐的
电波，急于确认你们不在我们亲友的序列。
为了见证高密度的孤独，你们来到江边，
你们知道，人们踩踏的是一个消失中的广场，
几乎忘却了如何活在距离之中，如何相敬如宾。

安顺路

入夜的街道打着哈欠，
他走在五金店门口，一语不发。
飞鸟并未如期出现在云端。
他停顿于楼梯门口，丧失了激情。

小区门卫缩在大衣里，
眼神并不怎么信任这个迁徙者。
冬天命令柳树落下叶子，
阳光有点司空见惯。他穿着
薄底皮鞋，膝盖冻得疼痛，
内心所欠缺的部分却更加突出。
一张新床将要迎接这枚肉体，
还好，他无须喝下一夜的风，
日子在进门时就重新开始了。
此刻，他只想飘到黑暗的中心，
吃下几只冰凉的柑橘，那是
长沙的友人刚刚寄到的醉意。
好几次，携带着透明的忧郁，
从捡破烂的老夫妇旁走过，
一捆捆废纸板如此整饬，
仿佛夹着他隔夜的苦楚。
更多的老人在卫生站里量血压，
会心于死亡的迟缓。
梧桐树与他交换静默。
耻辱会让人们懂得如何去爱吗？
钥匙显得憔悴，可透过窗，
他每天呼吸着公共的谎言，
煮过的牛奶里有着陌生的焦虑，
和每况愈下的自我审视。
今天，他在雾霾中代替人们坐愁，
这么多陌生人，已亲自来到了
公寓，看电视，睡觉，明天需要早起。

松鹤公园

在公园晦暗的内部，脚步苍老的速度
并不一样。那些低飞的星体，贴近地面，
在燃烧，人们视而不见。一种顽固的修辞
犹如谎言覆盖了铁栏。道路上没有呼吸。

午后，我漫步在空旷里。枯萎的寂静
落满一地。有人面对树木，剧烈抖动
灵魂。一个无法收服的躯体却正在离去。

一切将会终止，包括这湖水、雪松，
迟疑的大门正在关闭。一辆自行车
持续地停顿，石鹤消失于薄雾，
在凝视的过程中，我稀释了自己。

在湖边椅子上沉思，对面的烧烤店变得
多余。人们在公园里绕圈行走，澄净的秩序
溢出混沌的体臭，一枚空洞的松果落地。

我阅读，天空熄灭在纸上，我试图
在灰烬里搜寻星辰的残骸，在词语间
建立新的关系。随即，节奏被老人粗重的
咳嗽拆毁，手掌上的灰烬散去。我局促。

“人们有许多影子”，而那个最隐晦的，
在我们体内略微卷起，犹如光阴的锋刃，它并不
害怕黄昏。我起身。离开，才是唯一的抵达。

鞍山路

如果鞍山路可以停顿下来，我将能见证
一个乖戾的时代如何在自身的恐惧中消失。
从菜场到地铁站，目光深不可测。口腹
与四肢为了命令而运行，在混沌中完成了一生。

一些尘世的皱纹从街角走来，它们卸去
责任，在尖叫声中拯救出一只零落的麻雀。
速度并未造就平衡，影子变得越来越无辜，
宿命的风在半路瓦解，遗忘迅速到来。

一辆自行车歇在骄傲的清晨，屏住呼吸，

持续地注视邪恶的天空，让它变得更加虚无。
我步行到维修店，试图将一阵作废的雨
带给修理师，他的江西口音遗漏了异乡的裂缝。

迷路的女人经过邮局，在薄雾中，懂得了顺从，
在熟悉的街区迷失自己，盲目的日子正形成秩序。
传单散布者将街上的空气收集起来，犹如收集
一个落日，事物终将失败，在黄昏中摔碎自己的历史。

我走过了超市，已经没什么可以失去，白昼变得
那么缓慢，每一个细节都充满矛盾，又那么有限。
经过时间的曝光，蛰居者看到了生活的负像。
邻街的家具店、废品站，也显示出另一种生世。

提篮桥叙事

我穿过这片街区，目击死亡
在雾霾中变得稀薄，衰败附着
在地面，狱警骑着自行车进入
监狱大门。平淡无奇的灰色建筑
悄无声息，只有不吐舌头的狗，
也听不到锁链声，听不到呻吟。
恐惧如镊子夹着呼吸，缓缓地，
将它放入岁月的锡盘。通过记忆，
我们幸存下来，或许，只是为了
让黄昏踱步进入楼道，眼前这
黑漆漆的愤怒燃烧了半个世纪，
摄影机移开了到处嗅东西的鼻子，
我继续潜行，来到霍山公园，
冰凉的荫翳仿佛来自另一个国度。
几个下棋的老人摆弄着人的污点，
公园里弥漫着无名的寂静，
我们失去了苦难，甚至喉咙。
这里曾是犹太人唯一敞开的监狱，
每一秒钟，他们倒水的手默默颤抖。

向他人提供通行权

胡桑

虽然，我亲历了最近十几年汉语诗歌的历史，十年后，最初的兴奋却已被一种反思替代。我们这一代人的写作是在二十世纪八十年代诗歌尤其是九十年代诗歌的基础上展开的。八十年代诗歌疯狂地跃入形式主义的漩涡。而九十年代诗歌提倡的叙事性、日常性、本土性又试图让诗歌从形式的自我流放中走出来，向生活、现实开放自身。不过，开放的同时又是对诗歌自觉性的加强，这是臧棣所谓的“一种作为写作的诗歌”。

但进入新世纪以后，我越来越可以肯定，曾经的“九十年代诗歌”只是一个当代诗的策略而并未真正被纳入本体的思考。贫乏的形式循环在这十年又开始蔓延，很多诗人沉溺于修辞，如有突破，也大多局限于后现代式的现实（符号）碎片的拼贴。虽然我们有一场浩大的口语诗歌运动，但是，口语诗对现实和生活的暴烈态度，更多的是一种唾沫和身体的狂欢，并没有让诗歌真正面对现代生活和历史的复杂性、多面性和人身处其中的多维度的真实感受，更不要说进入到存在的锋刃地带了。如果我们承认诗歌是与现实沟通、与他人团契的能力之一，那么，当代诗对于急剧变化的现实缺少丰富的感受力和具有弹性的回应能力。这恰恰是由于我们对诗歌过度的自律和自觉，过于封闭于对诗歌、语言、形式、技艺自身的思考。这些思考和练习只能是诗歌的一个准备阶段，但不是诗歌的强大潜能，诗歌要求我们对现实生活、历史记忆、与他人的关系做出应有的感受和沉思。

所幸的是，当代诗坛有很多沉潜的诗人，一直在凝视着时代，沉思着时间。他们在时代和世界面前都是谦虚的，而没有试图引领某种风尚，却在与时代的紧张和例外中逐步完善自己的诗歌写作，诗人呼吸着另外的空气，他与自己的时代产生着错位和断裂。奥登说得比较直接：“每一位诗人都是自己文化的代表，同时是其批评者。”不过，我更喜欢艾略特所谓的诗人需要历史意识，也需要超越历史的意识。

现代社会为了与古代进行决裂必须树立自己的唯一性和主体性，在人的主体存在上，它崇尚个体和独立，折射到诗歌上，就是所谓的诗歌的自律、自觉，这是纯诗及其技艺产生的根源。技艺是一个包容性很强的词，当代诗歌对形式的专注也许只是在技术层面上进行的，大多并未进入艺术的秘密。在现代，很多时候，诗歌甚至蜕变为一种私人的情感。但是，记忆的运作法则告诉我们，我们每一个个体并不是封闭的，我们无时无刻不在共享一些共同的记忆，这些共享的东西要求我们将封闭的诗歌凿开出口，这样我们才能使诗歌与现实、历史取得和解。这里面已经包含了对现代诗歌（进一步则是现代社会）局限性的反思，在这个意义上，诗人需要义无反顾地往源头走去。

当然，诗歌的表达一定是幽秘、曲折而丰盈的，而且是多向度的，一个丰富的时代需要各种各样的诗人和诗歌。诗歌是生活的结晶，它必须具有晶体般精妙的自我构形能力。我希望当代诗能打开封闭的自我，但是反对任何形式的历史决定论。所以，我们对于技艺和主体自觉的坚持并不是汉语诗歌爆破自身的障碍而恰恰是它的内在动力。在足够的技艺和自觉之上，随时准备打开诗歌的大门，让世界上的事物和男男女女进出诗歌，只有这样，我们对于世界的感受和提炼才变得富于可能性，诗歌才会变得具有动人的力量，诗歌才不会成为一门与现实存在无关的专门的手艺。诗歌是一门揭示对于邻人之爱的艺术。

在我看来，过去与当下并不是一个不可沟通的两个时间段落，它们之间相互渗透相互变形的状况也许远远超出我们的设想。这涉及对现代性的反思和超越。现代性崇尚时新、当下，它要加速时间的更新，把每一种当下迅速变为过去。而一旦过去，就成为与我们隔阂的无关的东西。现代诗人往往贬低古代诗人的技艺，这是一种轻率和无知。现代诗人并未感受到语言被现代性带入了一个急剧变化的漩涡，由此技艺才变成了一种相对性的容易时过境迁的东西，从而无限制地崇拜当下的新异。正如我们夸大了古代与现代的断裂，我们也夸大了过去与当下的隔膜。如果我们承认从过去到当下到未来的过渡性的时间直线可能是现代性的最大谎言，那么，写诗就不会再犹疑于理解当下与“过去时”之间，而成为一门具有无限柔韧和延展性的艺术。通过深入阅读古代诗人的文本，我发现，现代人和古代人的基本处境几乎差不多。只不过，追求新异的现代性把我们的当下神话了，而一旦意识到这种当下的自欺本质，我们的诗歌写作就会进入更悠远的时间序列，在这时间里，“过去”与“当下”之间的界限就会变得非常含混，过去与当下、记忆与现实之间相互吸纳、变形的状况就会呈现出来。最重要的是，生命的历史经验必须在时间中加以展开，如一朵幽谧的花朵绽放。

米沃什对于现代主义诗歌有两个批评：极端的形式主义和极端的主观化。这种批评也许适用于当代汉语诗歌。这是我们诗歌写作的两个可怕的陷阱。在这个意义上，米沃什有一个说法：正是来自另一个欧洲（中欧和东欧）、来自20世纪“黑暗的中心”的诗歌以强大的历史地基平衡住了自身。米沃什式的诗歌吸纳了现代主义以及古典主义的技艺，最重要的是并不放弃“对真实的热情追求”。技艺与真实（另一个译法是“现实”，但米沃什所要表达的不仅仅是现实）之间从来不能分割，对真实的追求势必会涉及对技艺的追求，反过来也成立。所以，当代诗歌的出路并不在于往何处去，每一种往何处去的思考经常会蜕变成一种教条。当然，真实是首要的，它要求我们承认人共同存在于这个世界，人与人之间有着相互的爱与责任。没有真实的要求，技艺就会是虚假的。当代诗歌也许只有在恢复诗歌对真实的敏感之时，才有可能获得一种生机。

所以，在我近期诗歌中加强的对古典主义的思考和吸纳并不是一种策略和手段，而是试图让诗歌进入更悠远的时间秩序之中的尝试，它与对真实的追求是一致的，而不是一种形式的探索。

现代性崇尚当下，是为了使当下迅速过时而继续获利，这是消费主义的本质。现代性视域中对待古典主义的态度也往往会变成一种猎奇，一种震惊体验的挖掘。没有对真实的把握，古典主义和现代主义的技艺都会变得枯朽。所以，突破现代性所给予诗歌的时间体验也许是让当代诗走出危机的当务之急。

随着时间的推移，每一个概念最后总会忘记自己的起源，即当时出场时的任务，而演变为一种专制的要求，更可怕的是，成为一种获得权力的资本。这是现代诗歌所极力推崇的“流派”的危险所在。博纳富瓦曾在《忧郁，癫狂，天才——或者诗意》中指出过，存在物与概念化思维方式之间的断裂是最大的不幸。我们必须提防这种断裂，提防概念对我们的暴力，也提防我们对概念的屈服。

最近重读希尼的《莫尔文的低语声》，很有感触，在他看来，诗人的写作大致会经过两个阶段，首先，诗人出于独创性的需要，往往通过学习从而努力写出完全属于自己的作品，他一心想要寻找自己的声音。然后，他会出现第二个需要，即超越自己的需要，在依然属于他自己却又向他人提供通行权的作品中，接受世界的他者性，揭示对于他人的爱。如今，我正在尝试如何在诗作中向他人提供通行权，无论是向古典回溯，还是向他人经验的凝注，都是我这一努力的体现。

沉默的魅惑

——读胡桑的组诗《渊默的人》

张立群

避开习惯的方式，胡桑将“渊默的人”作为组诗的题目。相信很多人对“渊默”一词并不熟悉。或是指深沉、不说话，或是指沉默不语；与沉默一词相比，“渊默”更强调沉默时主体的状态，这也许本就是胡桑写这首诗或是平素很多时候的状态。他沉默，不代表无话可说。一个渊默的人，在夜深人静的时候，感受到“一个不可复制的日子，正在结束”，他无语，因为这种情况每天都在重复，重复中，人们抓不住流逝，只能成为流逝的一个组成部分。

一、沉默的群像。组诗《渊默的人》写了很多人，刻绘了很多面孔，比如《祖母：寂静的人》《渊默的人》《迟疑的人》《陈旧的人》《踩踏的人》，但就总体而言，这些人都深陷于沉默的风景之中，甚至带有几丝阴冷的色调。生命和生活有时候是沉默的，或者说是需要沉默，变得沉默。此时，沉默可以从多方面进行理解。“村庄如此荒凉，人们外出上班”，留下老人；“日子沉默，像运河边的桑树”，祖母就这样成为一个“寂静的人”（《祖母：寂静的人》）。面对火车站那个痛苦的女人，“我”迟疑着是否上前搀扶，“在目光中，我与你挥手道别，思考着/沉默的意义”，如果说“我们”之间隔着“一条蓝色的深渊”，那么，这条深渊是由人与人之间的不信任造成的。此时，“我”外表的沉默和内心的挣扎，预示着一次冷漠的生成（《迟疑的人》）。还有那个“陈旧的人”，也许他是这个城市的外来者，周而复始、缺乏生机的生活让他不断“继续练习静默”。至于那些黄浦江边“踩踏的人”，似乎遗失了记忆，只好体验同时也是见证“高密度的孤独”……

胡桑笔下的人物群像时而是一个人，时而是一群人，但若相对于沉默，他们却是一类人。显然，写出生活中“沉默的群像”，要比写欢呼雀跃更有难度。因为有氛围和情景的营造，因为有事情的起因结果，因为有内心的挣扎与蜕变，因为有表情的热渐化冰，但这一切到此又远未结束，胡桑需要更为深刻的介入。就像他常常在上述诗篇的结尾处所用的“卒章见志”：他要通过已有的场景，讲述多个“画外音”。在呈现沉默的群像之余，如何造成群像沉默的内因是诗人的写作目的。尽管，这样的策略未免使诗质有些凝重，进而让诗歌读来有些沉重。

二、“生活的低处”。没有广阔的历史场景、宏大叙事，组诗《渊默的人》更多聚焦于生活底层，而日常化、场景化随即成为它的重要特色。在《界限》中，诗人通过“散步是一种纳入”进入诗的世界：噪音、街道、自行车、烤肉、杂货铺、雾霾……都是现实生活中经常出现的景象及话题。但当看到“低头恳求着手机，雾霾如此沉重”时，我们忽然感受到“界限”之标题和开头诗句的含义——从生活的正常状态进入到生活的非常规状态，噪音、咒骂、二氧化硫、雾霾等，同样笼罩在我们周围，“这就是生活的重力”，道出了生活本身存在的界限。胡桑是一位关心生活的诗人，但他不喜欢以表面化的方式揭示生活的种种面相。书写生活的底层，从底层开掘诗意空间，以小见大，组诗中的《安顺路》《松鹤公园》《鞍山路》等也都是如此。

联系胡桑居住的城市，对照其诗中的语句，这些都是他熟悉的生活。联系世纪初一度流行的“底层写作”，胡桑的写作似乎也未在主题上实现彻底的突破。但阅读他的诗，却可以领略不一样的风景。拒绝浅表化的书写方式，力求建构诗歌与现实之间的个性化的对话形式及至隐喻关系，正如他在《命名》中所言：“潜行于暗夜的城市，也来到自己的边界，/与荒野面对面，此时，才认清了速度。”从某种程度上说，胡桑是一位有意揭示人们生存境遇的诗人。他的这组诗视点不高，视野并不很大，但他能够一边身在其中，一边超拔出来。他的诗有强烈的现实感，又有深刻的历史感，阅读他的诗，在掩卷之余，会得到很多启示，直至感慨良多。

三、叙事的厚度与深度。胡桑的诗以叙事见长，且十分注重叙事的厚度与深度。他的诗十分耐读，需要反复品味。当然，如果联系诗歌之外的胡桑是位哲学从业者，上述的特点也许并不让人感到意外。胡桑是一位有深度、有观念的诗人，也许因此会少了几分抒情，但其内涵丰富、质地坚硬却是毋庸置疑的。只要读读他的《鞍山路》，就会感受到“一个乖戾的时代如何在自身的恐惧中消失”带来的压力；“事物终将失败，在黄昏中摔破自己的历史”，如此尖锐的叙述绝非来自学习，而只能出自于体验与感知。只要知道上海提篮桥的背景，就会知道胡桑《提篮桥叙事》深处潜含的苦难、激情与无声的愤怒，以及为何有“公园里弥漫着无名的寂静，/我们失去了苦难，甚至喉咙”。

我阅读，天空熄灭在纸上，我试图
在灰烬里搜寻星辰的残骸，在词语间
建立新的关系

出自《松鹤公园》中的这几句，极有可能揭示了胡桑诗歌叙事的奥秘：通过词语的使用，确立新的对话关系；搜寻那些并不常见的事物、景象及经验，体现诗歌陌生化的一面。然后，是“‘人们有许多影子’，那个最隐晦的，/在我们体内略微卷起，犹如光阴的锋刃，它并不/害怕黄昏。我起身。离开，才是唯一的抵达。”将理性体验融入诗歌，将陌生的修辞和坚硬、奇崛的印象留给阅读。胡桑渴望在渊默中拒绝陈腐以及平庸，他的诗也因其追求而具有了“沉默的魅惑”。

“旅行使我变得漫长，我试图传达黑暗的时刻”；“言辞的疾苦，毁坏了事物诞生时的快感。”再次重温组诗《渊默的人》第一首诗《命名》中的句子，可以感受到胡桑对于诗歌的态度：他是如此认真，以至于“赋予一个名字，犹如接受一份赠礼”。对于诗歌，他有属于自己的态度。他希望通过“渊默”抵达无言的逍遥，他擅长通过近乎临界点的状态呈现存在的百态，他写作和精神的起点颇高，让我们看到了不一样的诗歌风景……

张立群，辽宁沈阳人。现为辽宁大学文学院教授，文学博士。

百舸争流

Hundreds of Boats Compete

POETRY FASHION

1	2	3	4
5	6	7	8
9	10	11	12

1 李宏伟　　7 三米深
2 余幼幼　　8 刘晓萍
3 莱明　　　9 杨犁民
4 蓝格子　　10 徐晓
5 苏画天　　11 吴小虫
6 赵幼幼　　12 陌峪

静观荒诞（组诗）

李宏伟

他从身上取下苹果

——致格里高尔·卡夫卡

他从身上取下苹果，他不从身上
取下梨、葡萄、柚子，成串的香蕉
一个镶嵌在甲壳里，边缘发暗
即将痛成肉中肉的苹果
是这个下午他能向我做出的最好奉献

父亲在桌旁滑倒，灰尘在阳光里起旋
我撩起衬衣一角，擦净他的果实
擦净他取下果实后枯萎的手
二十一世纪由此后退，两只脚步履沉稳
两只脚高高扬起，胡乱挥动吓阻

其他采摘者，留下的凹陷必须
填充雨季淋湿的高声尖叫的油彩
弹孔、入口、亏空，这些人为的陷落
必须在退得足够之前
找到余地，不留情面地拔除自己

我用力咬，用力咬。咬到果核不死
咬到嘴巴无法闭合，喉咙无法吞咽
他的果汁淌遍，沐浴着我
就像那个瓶装的贫穷女人
用眼泪洗一个长大麻风的男人

理性的大人更善于把监狱填满

大人善于把城墙填满
也善于把枪膛填满
但理性的大人更善于把监狱填满
他们用白色毛巾缚住嘴巴
缚住双手
走出家门，把自己交到无名警察
涂红的手里

但他们也许留恋满头的黑发，它被推到地上时
他们会回头
看见儿女免除恐惧地坐在浴盆里
玩耍 18 米高的大黄鸭
他们会低头
精算囚服上那串出现赤字的号码
但他们主要的时间都用来静观荒诞
往上推的大石长满青苔
往下滚的大石也长满青苔

先生，请站起来再死一次

先生。对，右边第三排，靠近过道的那位
请你站起来。对，系好领带总是对的
请你再死一次。对。就是现在，就是这里
请你当着我们所有人的面，不，那些你不用管
请你再死一次，给我们看看

诸位请留意，请看他手脚摆放的位置
看他牙齿的釉光、吐出的遗言
看他进入焚化炉时的从容自然
这种死亡姿势是通往不朽的必要手续
要签名的，要合影的，要记下细节写传记的
都请抓紧办理。要采访死者本人的
请发来提纲，我们会酌情考虑

好了，先生。你可以坐下了。对，就是你
请掸去身上的尘土，喝上一杯
对，死人也需要压压惊。你说得没错
请收好，这是这次的死亡证明。章已盖妥
这下你可以放心死去，等候下一次叫醒

自画像 2014

我有一颗长方体的心脏
正是一本平装书的模样
塑封撕去，腰封撕去
七十克轻型的正文用纸
每一页已写至三十六行
可溶解的作者虎视眈眈
可能随时封笔，也可能疾书
不辍，写足整数印张

斯芬克斯圆柱舞

圆柱同样到早了，在十字路口的东北侧
阳光倾斜，女人和女人倾斜
经济人雄踞味多美，履行购买的义务
车辆和人群从四个方向流入室内
推远沙泡沫，堆积到我的岸边

老人陷在轮椅里，适时漂浮过来
头戴红黑条纹的绒线帽，嘴唇翕动
（也曾有一副嘴唇啜饮其历时性的蜜汁）
犹如仪态庄重的枢车指挥官
两只脚踝早已被刺穿，她仍旧下到明处

竹节手杖构成移动三角的顶点
围绕圆柱开始舞蹈的抒情
双手抓握，双腿踢蹬，僵朽的鲸鱼脊背

蹭。上下左右。一二三四。蹭掉多余的
饶舌的命运，多余的翅膀和囊肿

露出一秒钟的微笑，保证一秒钟的青春
舒展充分的身体不经意间出了窍
脱离手杖，向着斑马线平安归去
而在等候的另一端，四轮婴儿车里
三岁女孩正给出谜底：今天是谁的生日？

请给我彻底的贫乏

请给我彻底的贫乏，彻底的石头
绝对密度的石头，除了空虚的思想
没有任何工具可以将它切割
即使切割开，也拣不出有当量的材料
建造一座贫乏的庙宇，无对象的宇宙

彻底的贫乏并无彻底的领受
它暧昧于趣味、重复和抵抗
每一根可倚赖的意义之柱
面对它都倾倒在地
稀释成一口无法下咽的滚粥

请给我彻底的贫乏，我来将它忍受

在高速路上翻看一本诗集

如果这时候有风，也会往东北的钝角吹
像喷泉里散步的狮子，清爽地露出舌苔
天空一动不动，把火的浮沫撇倒
是探亲的时令，四个小时不停蹄的火车之后
接入一小时的虎跃，人群嗡嗡，车流淙淙
还有三个分散的位置，供你安放一个核心家庭
所幸挨着过道，双腿可以斜着伸进无主之地

一只苍蝇从负面起飞，沿抛物的线团
轰炸一些手指、头发、耳垂，途经公共的阴部
那里必定有什么在腐烂。赤脚的芭蕾舞步
在挡风玻璃上揉搓，复眼回眸
看见成百重叠的男人手捧一本蓝色诗集
逐页翻看高速公路，长长短短，深深浅浅
磨合字形与韵律，从日常的卵石上磨出棱角

半密闭空间向超车道变向，轰鸣、震颤
临近散架的全金属乘客必须加满一百二十迈
才能保持后退，保持谈笑风生，保持恒温的
尘土、手机、瞌睡、抚摸、哺乳、口臭、扑克，全金属的
多愁善感。玉米地的残兵、教堂的利息、收费站的炊烟
通通在展开的同时又卷起，卷轴稳稳地
握在作者照片里，用词语行稼穑的老于坚的手里

司机骂了句娘，把窗户开得更大，放进拥堵的地方志
出口能够望见，城池露出高点
巨大的钉子在铺满砖块的广场上越钉越深
你从座位上拔出妻子和女儿，装进行李箱
来自西南的诗意和湿意也倒进保温杯，拧紧
身受凌迟之苦的石像的俯瞰下，你们找到新的候车室
换上预定的布鞋，换上一条颠簸的无法阅读的道路

陌生一种

我和我妈并不太熟
她不识字，不说普通话
甚至也不懂英语
她不知道我
在想什么，想做什么
（重来一遍也一样）
我和我妈并不太熟
她摆到桌面上的
是一堆沉默的坚果

我要敲开，吃光她的果仁
但破碎之后，并无一物

两次看见艳红嘴唇

从杀伐钝锉的刃口填进地铁蚌壳
驶——停；驶——停；驶——停；晃荡间
男男女女雌雄同株，授受不亲
一个毫米一个毫米地磨炼人肉的珍珠
在结缔组织深处，升起一双免疫的艳红嘴唇
像驴子湿淋淋的耳朵支棱，洒向左右
自动锁定的高峰避让无圆心的牢笼

下了坡，在城市森林的小径尽头
伫立一双马背上梦游的艳红嘴唇
树叶、阳光、蝉声，三重的阴影筛下来
披挂一身斑驳的性感的清凉的茸毛
她仰起美丽的头颅，侧身把草木倾听
不经意受到行人的惊吓，就拍一拍坐骑
踏起滚滚的尘土，拖着拉杆箱迷蒙离去

两次看见艳红嘴唇，两次被刹那的肿胀哽住
吐不出来，也没有区域可以耐心消化
如果想要再次看见她们，抚摸她们
需要洗印成像，两双共时性的嘴唇面面相对
咬咬咬咬咬咬咬咬咬咬咬咬咬咬咬咬咬咬
咬得鲜血淋漓，唇齿生香。微光的传奇
咬成首尾的链条，在声色网眼里横流漂荡

李宏伟，1978年生于四川江油，现居北京。中国人民大学哲学硕士。参加诗刊社第30届“青春诗会”。著有诗集《有关可能生活的十种想象》、长篇小说《平行蚀》、中篇小说集《假时间聚会》，译有《尤利西斯自述》《致诺拉：乔伊斯情书》《流亡者》等。获2014青年作家年度表现奖、徐志摩诗歌奖、第二届海子诗歌奖提名奖等。

我眼中转弯的河（组诗）

余幼幼

少数人

现在
脑袋可以拴在
肩膀上了
没有理由抗拒
失落感在人群中间扩张
我是谁不重要
就像许多人
只能经历大多数人中
的少数人
少数的同性以及
更少的异性

所以我是谁不重要
认识我或者
不认识我
遇见我或是
与我擦身而过
也没有多大的意义

过马路，逛商场
上学，买菜
我也许就停止在某个
肤浅的时刻
被大多数人经过
遇见

然后不知情地
埋在空气里

骨　头

人体有 206 块骨头
是不是每一块都有名字
可以感受到它的存在
是不是每一块都潜入过
别人的梦境或身体

率领它们去闯荡
与命令它们折返的
是哪一块呢
悲伤的那一块
和高兴的那一块
相隔有多少距离呢
成为女人的那一块跟
成为母亲的那一块
是否是同一块呢

比起我们拥有相同的骨头
却不能拥抱的事实
我的疑问
还远远不够多

暴　雨

树叶退烧了
蚂蚁在地上排队行进
动物有动物的文明

该有这么一场雨
大得足以让

管道和线路都萎缩
水和电回到
茹毛饮血的时代
房间突然安静下来

没有工具的人
才更接近真实状态

该有这么一场雨
像反对
与它对立的人间一样
把文明的毒气
统统都还给我们

剩　下

我被剩在了这座城市
她们都回去了

我被剩下
户口本没有剩下
它依然打印着米粒大小的字体
那是她们要去的地方

我被剩下
我是多余的

头发多余所以剪掉
眼睛多余所以失眠
爱情多余所以
床空着

我被剩下
脸露在外面
潮湿的阴道躲了起来

我羞于承认
而先遗弃自己
脸剩下了
躲也躲不过
老了的样子

无人抚摸的皮肤
和我
一同被剩下
还有剩下的唇
它吻了一列即将开走的火车

火车开走以后
语言都剩在了喉咙里

今晚的月亮

今晚的月亮难受得发白
她一定是口渴了
觊觎我眼中转弯的河

今晚的月亮薄如纸片
随时都会被撕破
看到背面其实什么也没有
多么失落啊
哪怕有一粒星子
也可让我
推开一扇窗

蔬菜沙拉

我与你的距离
就是我与厨房的距离
手指间的距离是

汤勺的距离
婚姻的距离在
锅中沸腾
土豆还没有熟
培根芝士也没有出炉

在这个空闲时间
赶走腹部上的噪音
我要用它来称出你的重量
不，具体说是
蔬菜沙拉和红酒的重量
我腾空肚子
只是为了
安抚爱情这只可怜虫

我告慰自己
它顶多死在
腹部到厨房这段距离

晚　餐

米饭死在了碗里
水白菜死在了锅里
黄牛肉死在了正在去死的路上
它们都死在了我的过去

我不是一个好孩子
讨厌生命中的任何形式的进入
和脱逃
我不要吃死去的米饭
不要吃死去的白菜
也不要吃死去的老黄牛

它们来填补我的饥饿
只是为了和这个世界告别

即　景

那个耕地的人看得很远
看到自己的
下半身被泥土埋了
手和枯萎的藤蔓击掌
于某条边界线
用土地分裂的个性
对生命进行挖苦

身体和过去有一种结合
野蛮的行为
只剩下几块肌肉
与劳动和解
冬季解放了庄稼的疲劳

植物要进行手术
人要停下来望望远方

天大寒

一觉醒来
酸菜鱼馊了
感冒产生了抗体
有人在东大街的门牌
上钻孔
换了一个崭新的
日子就是这样
被换来换去

我把鱼汤倒了
换了件衣服出门
到医院
把药品清单
退给上帝

夜夜都有声响

夜夜都有压低的树叶翻身
把它们压低的梦
很快就被另外的人做了
夜夜都有人
在梦里不分时机地剃头发
夜夜都有女人
梦见一个光头男人
夜夜都有声响
从不念经
夜夜都有树叶被梦
压在身下

余幼幼，女，1990 年 12 月 22 日生于四川，2004 年开始诗歌创作，出版诗集《7 年》。现居成都，清淡饮食，重口味审美。

复制术（组诗）

▮莱明

星期天

我挪出繁重事物的
阴影，去窗台远望，心想到
这些年从我身边消失的人。

谁改了名字，但继续活着，
曾热爱的，被他人继续爱着，
每一个词都是遗忘之开始。

不必节省什么，浪费可以
浪费的，搬出一架梯子，长时间
爬上落日的屋顶，看——

没人在远方等我，亦没人
在此刻死去；想到自己还活着
我原谅了世上一切。

干净的鞋子

九月，在西西弗[1]的书架上停下
遥远也跟着停下
一两条疲倦的马路，说不见就不见了

远方的村子还是村子，绿色
是条裙子——刚从苏珊的嘴里说出

她称呼我为“绿色的客人”

那个下午，被路人藏起来的灌木丛和云
我们一次都没有提到，就像
清朝人身上的气味，在另一个有趣的故事里

我们靠着窗子，读一些失败的风景
读几次失败的旅行，把自己，也读出声来
九月占满了人，找不到出口

比如《西游记》中的某些妖精，或
《水浒传》的某些好汉，我不止一次想起他们
穿着干净的鞋子，走完干净的人生。

[1]“西西弗”为成都一家书店名。

致父亲

那一年，我们瘦如灯盏
山中的植物相继枯萎
我们出逃，沿着跑马的古道
一路南下，去了贵阳
在一座陌生的城市
我们努力记住有名字的街道
在街道上，又努力寻找
口音相同的家乡人
我们从批发市场低价购买
蔬菜，鸡蛋，拖鞋，衣服，袜子
又以高价卖给居民
仅仅为了睡觉，我们在街边
搭起一个简易帐篷
（后来帐篷被城管无情拆掉）
你坐在光线里，开始数钱
我摊开作业本，开始写字
为了我，你说要买车子，房子

为了你，我说要考好的大学
灯火阑珊，高楼林立
多年以后，我们的梦想
都实现了。城市的户口本上
我们的名字像落日一样肥胖
可是父亲，如果为了生活
我们就应该加速老去
在植物面前，不被宁静祝福
那么父亲，为什么不回去
不沿着跑马的古道一路歌唱
让囚禁在乡音中的故人
都回到故乡，让荒芜的园子
都种满蔬菜，在每个节日
把香肠猪头肉放在死去人的坟前
再用几分钟与植物交换祝福
如果月亮出来，我们就坐在
彼此的影子里，喝酒
喝酒，一直喝到天亮。

复制术

重提一件往事，重复其中具体
的细节。一生的时间，我都打算，
浪费在无聊的小事上。

生活，本就无意义，何必
惊动其中的花花草草。二十四岁，
我触摸的每件物体，都没重量。

加速，爱一个人。减速把她忘掉。
偶然之事，超出我的言说范围，
不如回家，饱餐一顿，大醉一场。

第二天，依然是迁徙。更多人
张开身体，练习拥抱——诚实的死。
我很轻，正迅速升至云层。

海中居

水是你唯一天赋。走在海中
鱼因你的祝福而肥胖
船，几乎超出了海岸线

两三只疲倦的鸟，划出林子
将雨中的噪音梳理整齐
我们就探出头，咬同一滴水
反复控制海的体温

一直是这样，风，那个粗暴的女猎手
潜入水里，用袖子卷起
疼痛的鲨鱼。所以，我们不能再疏忽了
必须删除身上被她惦记的部分

把身份降低，再降低，走在雨里
要转过身来，祝福自己——
我满腹柔情，又心怀歉意。

移动的墓群

初夏，月亮发了新芽。你劝我，去海边隐居；
波浪搭起的房子，啤酒花一层一层。

像三角形和四边形的海怪，住在礁石里。我们
攀上树巅，并没有妨碍海风对沙滩的塑型。

有一些日子，船升上月亮，月亮升上树巅；
我们无处可去，在水中练习吵架。群鱼败退。

这并非不是好事。我说："就一直说话，这才是
我们该做的。"一天结束，我们仍爱着这一切。

而那些词，一座座移动的坟墓，飘海里，
极速，无惧。我们吃月亮，也吐出月亮的皮。

散　步

驱逐
夏天。夏天在寂静的马尾松林里。
水泥浇筑的小道，拐弯
没有遇见爱的人。
石凳子，皮靴子，
香烟盒子——
夜，夜，足够长的呼吸用来
欢聚或告别。

月光摇曳。
巴掌大的池塘没入草地。蹲下
就是马齿苋，绿色
像极
我此刻的心情。哦，绿
我渐逼近，
我渐稀薄。臂弯
藏有一些浓雾和字典。

我认出那个诱人的解释——
　　石头：固态的潮汐，
　　非常小，里面住着更小的人儿，
　　痛也是小剂量的。
我读了又读，
大哭。
向下，向下，向下，
有花落在星球。

忆少年

那是我第一次给她写信
岁末的贵阳，城中下着小雨
我写信，写细雨入药，可治相思
她一定记得清楚，那是个

糟糕的天气。路上行人散落
我们绕过小山的积水
咕噜咕噜往湖边去
我的旧情人，如一块薄冰
冒着寒气。我没有牵她
也没有吻她，我们之间隔着
几棵树，后来也被人砍掉
我们绕着湖边走了几圈
在雨停的时候，又回到起点
树桩，假山，喷泉
我们一次也没有破坏过
水在湖里，湖在山上
再后来的事，我也记不得
但我肯定清楚，信中有一幢
木头房子，房子后面有片竹子林
如果你沿着贵阳的天气
往里走，你就会看见我
那年，我十八岁
在一场细雨中，擦洗身子。

仿十八岁情书之林中词

爱上你，我提前了一个星期
瞧，我这急性子，总是惹人挂念
午后，登门造访新居
恰逢你去古庙还愿，家中只留
年迈的祖母，在缝制旧衣
我捎去父母的祝福，望老人家康泰
福如东海，长命百岁
她似乎不记得我，多次问及
我的姓名和祖上的家事
哎，此事都怪我，未提前做好安排
唐突之意，还望体谅
待你读到这信的时候，已从庙上
归来，我亦幽居家中

与父母闲谈家常，只是今日
未能与你见面，万分遗憾
可，你的病情已有好转？
雨天，关节是否依然疼痛？
牢记，每日务必按时服药，不可大意
繁重的工作，搁置一旁吧
静心养心，静心修身
屋中的鱼缸我已换了新水
院中的花木我亦松土，施肥
你书中遗落的句子
我凭着记忆逐一补上
瞧，我这急性子，总是百无聊赖
也应静心修身，静心养心
傍晚，祖母宰杀了一只母鸡
炖一锅土豆鸡汤
我甚喜欢，多吃了两碗
饭后，她打着围裙，目送我至小路头
哦，林中夜寒，勿挂念。

莱明，原名蒋来明，男，1991 年生于贵阳，现为四川大学研究生在读。作品见《星星》《中国诗歌》《天涯》等刊物，曾获第五届复旦光华诗歌奖、第二届元诗歌奖等，参加第八届中国·星星大学生诗歌夏令营。

被风打开的信件（组诗）

蓝格子

写给某人的第十一封信

所有意外，和花朵的预言一样
还是发生了。十月逐渐收紧
我们跟随秋日，相继陷入一片蔚蓝
风暴倾斜的夜里，我们咽下林中一段迷路的风
所有走过的山丘、河岸再走一遍
遇见的树木又绿一次
鞋子已沾满泥土。但还是要满怀善意
继续挪向未完成的生活
饮下太多秋风了
有时，我们就如两棵相互抱紧的植物
站在风暴中心
等待冬天降下一场大雪
将途中所遇黑暗，全部掩埋
我习惯性用落叶的声音喊你：安
月光迅速加深了它的白
想到秋天如此辽阔，离我最近的那棵树
它的叶子，也跟着我
摇晃了一下

被风打开的信件

像鸟的翅膀拍打空气，一封信，被轻易地打开
灰尘立即弹起，我顺势交出自己
保持阅读的姿势。我认得它们

那些我在寒气逼人的夜里写下的汉字
台灯举起它哑光的眼睛努力看透每一个失眠者
我的夜晚，被黑暗团团围住
右手划出的字迹被一点一点虚化
视线里，只剩下一张白纸
时间倒退回冬天——
我的鞋子遗忘在某处，我不知道
赤着脚，走在雪上。废弃的经验埋在冻土下
我不断成为那些在最新人流术下死去的孩子，傍晚翻捡垃圾的老人，
街边游走的少女，或者那些手握钢筋的男人
母亲的子宫里，羊水温暖得使我几乎失明，我知道她试图杀死我
这让我们后来的命运同时受到诅咒
旧床单产生快感和羞耻
有时候，灵魂比肉体更加面目可憎
只有在秋风中，寒冷和时间才会显示出悲悯
衰老，逐渐逼近。苦痛从梦境里挣脱，用力将我按在床上
月亮站在我的窗前，哀悼
我听见它在我身体里发出啃啮的声音
——吱吱作响

九月九日忆山东兄弟

九月，我看见一只鸟飞过之后
炊烟也飞起来，很多事物都跟着飞起来
比如银杏树发黄的叶子，比如路灯温柔的光
比如一个人隐藏已久的怀想
落日涌向疲倦的眼睛，仿佛黄昏柿子树上
红了一半的甜蜜
你深爱的秋风和村庄，总是在夜里
投下迷人的影子
时间缓慢，记忆也随之安静下来
多年前，我们身插茱萸，登高远眺
风抽打过来也并不觉得疼
而今又重阳，我在西郊
你在德州，相距万里

我们说出的词语，隔着渤海湾，呼吸局促
如一尾鱼荡起浅浅的波纹
站在一群人的喧嚣中，我们该如何？
喝酒，高歌？或者握住自己的手
虚掷那些无望的孤独
白露那天，你在电话里说：
“生活并未亏欠我们，是我们索求过多。”
语气轻如落叶。好像与生俱来的伤痕终将被磨掉
你我深知，即使是坚硬的礁石
也无法抵挡命运和死亡。尽管我们对于秋风
有不一样的理解和爱
但当生活已经打开，我们就身在其中
有时抱紧对方，有时独自一人
绝望，或者热爱

听　海

十月过后的西山，风还是不停地吹
但在这之前并未如此强烈
想到影子的颜色将会持续加深
记忆里的渔火，再度失眠
也许，海风的到来
就是为了领走我体内游弋的鱼群
久站风中的人回到屋内
仿佛再一次听到潮水漫过来的声音
一时间，海水不断渗出
并从视线之外开始聚集。一滴，接着一滴
然后，浪花跳跃着
涌向我的眼睛
除了蓝，我看不见其他
镜像恍惚，几乎涵盖了整个秋天
我跟着它在生活中练习倒立
可我无法握住一把柔软的沙，更无法抓紧任何一滴海水
于是，一个又一个夜晚在我手中轻易滑落
青黄色海螺躺在我枕边

吹出迷人的曲子
之后，我把整片海域都搬到床上
连同它并不均匀的
呼吸

命　运

月亮不说话，只是在水中
投下它，消瘦的影子

灰尘不停闪着光
要穿过我身体的栅栏

有时，我看见海
和一些溺水的人
他们长着和我相似的脸
和眼睛

我无法脱掉它，就像我无法
脱掉自己的皮

影子里的苹果

隔着玻璃，阳光跳进来
照片里的栀子花
新鲜得发亮
我一用力呼吸，就能闻到香味
而它，一只苹果
就在那张照片投下的影子里
安静地站着
记不清它在我的桌子上
立了多久。但此刻
我清楚地看到
它身上，一个深褐色的斑点

我睁大眼睛，像盯着一个人身上
已经感染的伤口
感觉，仿佛正一点点
陷入更深处
现在，我就困在它狭小的果核里
尽管这看起来有些不切实际
可我还是担心
自己，随时都有可能，成为它身上
腐烂的部分

在夜行的火车上

火车在夜里，继续向前移动
那些斑驳的风景
不得不，一一撤退
时针，已经转向三的位置
她的表情在车窗上
投下近乎陌生的暗影
在她眼里
这似乎显得过于抽象
孤独，如同身后的铁轨
被无限拉长
乌云，黑鸟一样
成群地飞过来。她感到，自己
逐渐被染成夜的颜色
端坐在车厢里
她在巨大的黑暗中睁着眼睛
直到——
窗外急速行走的草木
重新找回绿意

游戏：不说话

之后的七天，我们开始

练习一种新的忍术
——不说话
凌晨四点，洗干净的耳朵
还在枕巾上摩擦
那些不确定的事物，已经
穿着词语的鞋子
在时光中跳动多日
该让它们在夜晚好好休息
失眠的人，总是在我手心里唱歌
一首接着一首
我听见，他的声音里
有近似湖水的潮湿
毕竟，六月的雨是一直下到现在
而沉默的意义在于
我们谁也无法将真相说破
现在，我只是想
让它们
保持原来的样子

下半夜，月亮落到纸上

九月，秋天很快凉下来
在西山，多数植物显示出忧伤的神情
而另一个地方
我爱着的那棵花椒树
比我腕上的珊瑚手串还要红
也是这样的秋夜
我们在各自的异乡，醒着
一遍一遍，温习旧月亮的影子
而它，总是在下半夜
从天空落到纸上
几乎透明。多出来的光照向我的睫毛
草尖上的露珠
或者，一滴蔚蓝色海水
我能对它们说出什么

现在，我看着眼前这张白纸
保持沉默
你知道，我嘴里正认真含着
一枚刚剥好的
北方杏仁

一枚配扣

买那件衣服时，它就被封在
衣服内衬上
透明的塑料袋里
和一小撮蓝色的配线靠在一起
我忽略它，就像
它和其他事物，忽略我一样
这一天，从蒲江回来
发现衣服上少了一枚纽扣
想起它，把衣服翻过来
它安居的塑料袋
已经，磨出一个和它大小相仿的洞
我不知道，是什么时候
把它弄丢的

蓝格子，女，1991 年出生，黑龙江哈尔滨人。有诗文发表于《星星》《诗林》《海峡诗人》《中国诗歌》等。参加 2015 年第八届中国·星星大学生诗歌夏令营。

札 记（组诗）

苏画天

乌鲁木齐

在后退中滑行的风景上的雪
不断睡去又醒来

云迅速降落。高压电线如空中缆车，悬挂着
中空的月亮。狭窄的人行通道，夜间广播重复播放：
西安、河西走廊、天山，这些名词远离北京，寓居在远方的
灌木丛里

而我在凌晨从乌鲁木齐
转车到昨日的边缘——博尔塔拉、
阿拉山口。此刻尚未封闭的房间，不断生长出
庭院和草木；那只试图空翻的椅子，已重新恢复安静
如同月亮——这悲欢的离合器，仍在降落，它们彼此相距
如右耳

与左耳。我在冰冷的黑暗中说出往日的云雾：
这旧时的千纸鹤，仍在倾吐日渐寂静的叫卖声
比如铜锁，或是回形针。在这星群之间，我渐渐遗忘某次
寒暄

（或是呓语）。那触不可及的，便是边境
（或者祖国）：鸟群衔着风，飞过积年的树影
这苍老的枝桠，带着易折的回音，在季节边缘，守看远处
未肯结冰的河

远处——不断张开的
迅疾的河岸，想起多年前（面对另一岸）某次未遂的跳跃

乌鲁木齐

——致翟雪峰

那些最危险的时刻终于都已经过去
你我依旧像以前那样，尝试着
早睡晚起，习惯那些蔬菜店、厨房
和防暴警察，并为一种安稳的生活
感到快乐。在顶楼入夜的阳台
看远处的塔吊，对话总被沉寂打破

有时候，山水隔绝的消息，夹杂着
隔壁做菜的饭香，从抽油烟机那边
传来，风波往事变得飘渺而有滋味
革命的长谈也暂时被肥胖问题取代

再喝最后一杯啤酒，你就能有勇气
选择辞职，回到边境那个镇子上去
但不断升高的疲惫带来一种舒适感
让我们很快地各自睡去，并从手机
那无休止的震动中梦出了防空警报

临时演员

那时我正要出城去，决心迎战那捷足的
阿基琉斯，但是你拉住我，说要给我
一些嘱咐。我抱怨着战服真难看而笨重
中国丝绸在你身上却很合身。在这个
仿古式房间里，熟悉的事物随意地堆放
你脱下它们，并帮我解下头盔和盾牌
于是镜子里的回廊变得繁复。

再远一些
我们就能更清楚地看清对方，但一种
更真实的生活命令我们在虚构的被单上
翻转，将偶然的失语插入预设的情节
并不断重复着沉默。赫克脱耳，让我们
就这样死去，或者退向更琐碎的事物
你对我说。

一切都在下坠，我们被抛向
最后的高潮。这被镜子所复制的角色
将要走出城去，只有投空的武器和重现
的往事。此刻我和你相拥着痛哭自己
却只能被从瞌睡中赶来的导演连忙喊停

恋人的清晨

夜里我再次梦到你我回到房间
在对方的身边一同躺下
并逐渐在变沉重的身体里变轻
你躲在你的肺部后面，而我在
我的胃里寻找电池
电灯一直暗着：你转过身去
而我躺在过期的晚报与早报上
并梦到了鼾声

清晨你叫醒我，开始在我身上
用手指描绘云和水，而我也在
你身体里种植粮食，并反复用
你的声音收割自己。窗户打开
又再次关闭。就这样我们试图
沿着日出的反方向不断向对方
奔跑。我说我如云杉热爱水杉
那样爱你，想要和你一起
练习爬树并且变老，却在松开
的刹那怎么也想不起你的名字

恋人的夜晚

在你的两腿之间，在将要溃败的插花
和器皿的周围，是你不断变化的丛林
我轻轻地触碰，如人们日夜所仰望的
永恒的吊灯，在你我之间不断升起和
降落

你关上灯，并拆解下身上所有的花朵
形状以及颜色，也脱下我隐匿的偏旁
时针试图变得坚硬，指向幽暗的内部
一切正开始变格，拨开潮湿的形容词
亲爱的，我们总是

在奔跑中不断坠落，承受去年的雨水
在过多的黑暗中我们试图剥开对方的
缓慢的清晨，如同两颗无形状的球体
被投掷于欣喜又绝望的半空中。隐喻
变得黏稠，等待着被生活再次清洗

海淀教堂

凌晨四点，我离开地下室
白色建筑工地，夜正被提升
五月，最后一日。止痛片，红绿灯
来回穿行两次
远处的瓦砾堆，楼群紧闭

如同某种预感，但尚未发生
有人沿天桥，走到对面
白色十字周围，暗影仍在溃退
我闭上眼睛；阶梯
已无法数清

街灯如巨鹤。凌晨四点，没有雨

我在外面待了一小会儿
但并没有进去

札　记

所有注定要降落的
都预示着再次降落。当你偶然间

翻到某个过世朋友的号码，或是某个没有
回复的短信，他正在远处的山间公路上骑车

一遍遍经过那些向前赶路的人们。当你某天早晨
从睡梦中醒来，他已经醒来；或是某个下午，你下班

坐地铁回去，但不想回去。那些牵着她们的，也牵着你
天快黑了。你沿原路游走，却再也无法回到那暴雨前的下午

苏画天，本名刘远航，1991 年生于河南睢县，后移居新疆。写诗，兼事翻译和小说创作。作品见载于《诗刊》《诗林》《上海文学》《诗建设》等刊物，并收入多种选本。曾获第八届未名诗歌奖（2013）、第三十届樱花诗赛特等奖（2013）等。曾担任北京大学五四文学社社长。现就读于北京大学英国语言文学系。

我幻想在你的影子里（组诗）

赵幼幼

不知道为什么

不知道为什么
我一直哭　一直哭
哭到一宿未睡
哭到身上积攒多年的顽疾
倾巢出动
哭到想念就在隔壁的妈妈

昨晚　我明明又遇到了爱情
以及刺伤我的蒙面人
我厌恶自己再度为爱
哭得天昏地黑

栀子树下

我看见　明晃晃的小月亮
如少女的乳房
晶莹温润
风过处　微喜还羞

多么赞的花啊　让人惦念所有迷离的
词眼　情节　故事
以及饮鸩止渴的谎言

栀子树下

我弱如处子地撕裂花瓣　一片两片三四片……
——可恶　讨厌的坏家伙
来　还是不来？

当　年

月牙断了
秋水望穿之前，昨夜已
交出星辰——

从大拇指数到小脚趾
十回、百回、一千八百回……我偏偏喜欢
傻傻地不得知，喜欢如此
重蹈覆辙

长椅，影子，怀有春水的月亮
被寒鸦，千万树枯枝
截得支离破碎

美好的，我无动于衷
残破的，我无动于衷

就这一回，在你起身之时，我不说话
我只羞涩着
我只是，羞涩着

无法解开的谜

一次次推翻自己
影子　以及形而上的世界

大红灯笼灭了
第一根白发否定黑发
那时　老宅上的月亮

比砒霜更毒

宽恕我　在春暖花开中
想念自己
想念溪流　白云　鸟雀还有
乳沟上的小情歌

局中局

很多局不能重新洗牌
比如初夜　私奔　倒了的西墙
甚至擦肩而过的

月黑风高的一切　必须
安之若素

就像上辈子
我在你的经文里　排好局——
一只　解开纽扣的手
一粒　风起入眼的沙
一枚　穿心而过的针……

山雨欲来之时　你坐在
我的锁骨上　我幻想在你的影子里

我们习惯了
——那是多么漂亮的　清一色

临　别

黑对面是白，爱的极面有恨
七月流火尽头
形似瘦骨的柳树结出千万枚媚眼

我抓不住你，你抓不住我
看不穿我中的你
摸不透你中的我

谁在紊乱的掌纹上，下一盘
没有输赢的棋
你进我退，我退你进

乌鸦爱上后，相命先生
破不了下下签
解不了上上签

你是我的命数——虚扣的寺门
半缕暗香，半串手珠

金蝉脱壳

多少个夏日逝去了
或许爱过　更多时候　我不想提及
关于悲伤的故事——

而今　凉风侵入我粗大的毛孔
我的膝关节　白露清寒
一扭头　我那几截颈椎　咯咯作响

你依旧玩着手机　吸一口烟　对埋头整理
衣服的我说——
又到寒蝉鸣的时节了

我一声不吭　侧身　继续叠着你的
内裤　牛仔裤　西装裤
你的 T 恤　衬衫　领结和袜子

我惯用一只右手
铺平　以娴熟的手法折一折

然后严谨地压一压……
昏暗处　那只空出来的左手
涂上油彩游刃有余
只要稍稍转身　你会看到
那枚金色完美的壳　一夜冷一夜

梳　妆

她们能看到你给予的爱
百合，华服……
她们能洞若观火，摩挲这爱，背后的
千万把刀子吗？

不管黑夜，还是白昼
不管睡着，还是醒着
我一次次过招，接住各类暗器，尤其是
飞来的刀子，大的收入密室
小的放在首饰盒

我喜欢，将马尾盘起，将一枚
最精致的玉簪
插入发髻，坐在月下等你

反　思

什么可以　惊心动魄
——瞎子睁开
第三只眼　伤心欺骗伤心

假惺惺的月　千年不死
锁骨憎恨睫毛
如花　似玉
是一块无路可退的黑

飞出蝴蝶的箫声啊
是死灰复燃的爱情

玫瑰如海　时光
口是心非
谁能在情人的佩刀上
磨出　小妖精的模样

隐匿于刀鞘里的自己

你就是那个蒙面人
忘了带刀
两旁掠过的树影，比刀口子还深

不可否认，我喜欢这条突然杀出的小道。犹如
我对你的剑走偏锋
喜欢在车子里，背对着混沌的万物
不去南山，便可与世隔绝

透过玻璃窗，能窥视草木的爱情
孤魂与野鬼高举起酒杯
看千古月亮
烧成灰烬

更能摸到风。隐匿于刀鞘里的自己
如献给你的长发
与身体
随着十米每秒的车速，远远而去

我在酒杯中悲伤

疯狂吧疯狂吧　一起疯狂吧
酒瓶子　二只　三只　晃来晃去
我要的老酒

比坏男人还邪　还要好玩

你看着我一杯杯地
倒入破败的身子
与时光对峙中　我奢望它伸出
那只最狠的手
捏住哭不出声的小心脏

酒多么暖
心多么冷
翻过西墙　一半地狱一半天堂
来来来　再干掉这一瓶
我就会像一个
有毒的小美人　斜躺在酒杯中

赵幼幼，女，1982年出生，浙江黄岩人，2002年开始诗歌写作。作品散见《十月》《星星》《飞天》等。

变形记（组诗）

三米深

父亲的翅膀

父亲将翅膀亲手交给了我
这是我父亲的父亲
留给他的，父亲说这副翅膀
已经流传了上千年
父亲说，我们的祖先可能会飞

这是一副制作精美的翅膀
翅膀上刻着家族的姓氏
却没有告诉我们飞翔的方法
从我懂事起，父亲
就一直在黑夜里偷偷尝试起飞

我们的祖先可能是一只鸟
拥有自由而广阔的天空
也可能只是囚禁在大地上的人
用尽一生的力量
挣脱脚下沉重的镣铐

他们背着翅膀，在人群中奔跑
不怕被人说成疯子
他们不惜从悬崖飞身而下
摔得粉身碎骨，他们的心中
都有一双折不断的翅膀

父亲说，我们的身后

或许也有一双翅膀，虽然我们
看不见也摸不着它
但总有一个声音提醒着我们
有生之年，不要忘记飞翔

时钟都没有时间想一想

这是父亲母亲的时钟
陪着他们参军入伍、上山下乡
伴随着他们走过大江南北
从少年走向中年

时钟上有父母的青春和爱情
秒针牵动分针，分针挽着时针
低着头，一路向前奔波
生儿育女，养家糊口

当这个时钟被传递到我手里时
它已经生锈了，过时了
越跑越慢，慢慢地不守时了
和这个时代有了时差

时间到底去哪了
时钟上有父母的白发
和时间打了一辈子的交道
时钟却没有时间停下来想一想

动车经过村庄

动车经过村庄，没有停下
村里的人外出打工
要走很长的路

动车离他们很近，也很远

近得在家门口就能看见
然而没有一个动车组
会为他们停下来

在乘客的眼中
村庄不过是飞逝的风景
在村民心里，动车
就像一闪而过的念头

又一辆动车开向了远方
火车，火车，你要去哪里呢

一个老人对孩子说
要好好念书，长大带奶奶
去外面看一看

可是孩子来不及长大
奶奶就闭上了眼
大人只好骗孩子说
奶奶坐着动车去了天堂

孩子天天坐在村口
每当有动车组从云端归来
孩子就问，火车，火车
你把奶奶送回来好吗

动车一直在奔跑
经过村庄，一直没有停下来

一九八二

在你的生平简历上
用蝇头小楷写着
“卒于 1982 年”
一九八二年末出生的我

隐约觉得我们之间
冥冥中有种缘分
好像有什么未完成的
得以延续
好像在黑暗中
有个人把接力棒塞到
我的手里，黑暗中
有人对我说：轮到你了
哭声淹没了你
我也哭着睁开了眼睛
他们都说我像你
特别是眼睛
我将继续为你
留守这彷徨的世界
替你等待
我们隔世相望
我总觉得我们冥冥中
相遇过，可能在
生死路上，也可能
在一条秋风浩荡的大街
在你的一场梦里
或是一首未来的诗

变形记

他常常混在黑暗的剧场中
看舞台上的演员，表演自己

几百年来，他的传奇
被改编成了一出又一出戏

他们说着他的话
反复演绎他的人生

为讨好观众，他的命运

被一次次改写

直到他都认不出自己
他愤怒极了，气得说不出话来

他的人生，别人无权篡改
何况他已经死了

都死几百年了
没法抗议，谁管得着呢

他过时的话，没有人愿意听了
他的老故事真的老了

如果不是这些戏
还有谁会记得他呢

他们要的不过是他的名字
他们只是戴着他的面具

属于他的时代
早就随他化为尘土了

他不禁怀疑，如果活到现在
会不会变成舞台上的自己

墙上的祖先

洛阳桥头的小镇上
有一座破旧的老房子
门槛已被踏破
门板不见了，一眼就可以
望见大厅的桌上
摆满了灵位，墙上
挂满了遗像，新的旧的

黑白的彩色的
男的女的，老的少的
他们被挂在一起
高低错落，相聚一堂
像一张穿越时空的全家福
从他们的画像和照片上
看不出辈分关系
这是他们留在这世上
最后的影子，最后的眼
有的人永葆青春
有的倾斜着，挤到了角落
这面墙是他们
最后的归宿，最后的根
时光在屋脊上
种满了静默的荒草
老房子有多大的岁数
落尽了多少繁华
没有人能回答
洛阳桥头的老房子
住着寂静和荒凉
如果有一天，岁月的尘埃
压垮了苍老的屋檐
住着他们呼吸的老房子
就成了埋葬记忆的坟

清　源

——致谢宜兴

细雨天气，撑一只竹筏
一个人，往山中去

两岸有枫叶，有竹林
有流水冲断的桥

有隐居在山岚里的古代人

不要惊扰了他们

别把俗世的尘埃带进去
做一场好梦再出来

在云间迷路的人
杳无踪迹，他们终于

摆脱了肉身的束缚
梦的牵绊和爱欲的纠缠

羽化成仙了吗？
惟有灵魂可以见证

水穷处有隔世的笛声
逆流而上，不远就是宋朝

三米深，原名林雯震，1982年12月生于福建福州，作品散见于《人民文学》《诗刊》等百余种刊物，曾获《上海文学》《福建文学》新人奖、福建省优秀文学作品奖。参加诗刊社第28届“青春诗会”，著有诗集《天桥上的乐队》，中国作家协会会员。

湖 境（组诗）

刘晓萍

耳朵的暴动

你想从耳朵获得什么，
除了午后停泊在芭蕉上的两滴雨声？
我害怕，我会割下耳朵送给瘦哥哥——梵·高——
他乌鸦的裸翅上正驮着内海而来的风暴。

鹦鹉，鹧鸪，麻雀，夜莺，蚱蜢和蝙蝠……
它们从不知道自己是谁，
混居于乱世。
它们为各自羽毛的颜色争论不休，
黑暗中，长短不一的舌头
埋伏着毒汁。
它们簇拥于菩提树下，
争夺嫡传，用滴下毒汁的喙吟诵残存的经学。

鹦鹉用喋喋不休反抗着喋喋不休；
鹧鸪躲在烟雾中重复泄密
麻雀从不抵抗笼子下的诱饵
夜莺将自己囚禁在灵魂的炼狱
看，蝙蝠不断从一只瓮里拉出死魂灵
在菩提树遇难的路上，在洪水抱住死亡的港口。

这从来就不是一个僻静的世界。
我时刻练习着告别，
练习从耳朵中拔出一枚针。
我从未接住瘦哥哥梵·高割下的那只耳朵，

除了染血的星空，除了灵魂的教义。
我从未见过菩提树的新枝，
为我的聆听而洗净的泉水。

夜莺，在荒芜的滩涂为自己的孩子失声痛哭。
它的哭声又被其他哭声复制——
我喜欢风暴自内海而来，
总是自我形成，又总是自行静默。
河堤下，沙滩上，住满耳朵的亡灵。

枫香驿

堂前的那盘棋，卒子正在渡河。
你长叹一声，扶住锦带，不愿睁开双眼
“这败局已经注定”
你摊开双手，坐在杀戮后的寂静里
等天完全黑下来。
堂前燕飞去飞来，一次次修补令人难忘的巢穴
黑暗盖过了白发。
锁孔中的时光很慢，渡河的卒子始终没有回来
许多血迹都干了。
许多杀戮已无从考证。
你坐在当年的棋局里，再也起不了身。

告　别

最后
我拆除自己的骨头。
镰刀躺在梦里
它一直醒着，闪闪发亮
收割我留存于纸页上的命运
致命的关隘。

我学着跟自己的骨头告别

只是，无数次告别的一次总结呈辞
从此，我像风一样自由
仿佛从未存在过
骨头的分量，它锁紧的沉重肉身
它耸立的意志统治的猛兽
也归于沉寂。

灵魂，唱着秋阳下枯萎的芦苇之歌
它并不能抚平心灵的事故
在雪一般的清冷中
频发，在一块老石头盘踞的小路上。

湖　境

白莲花在湖中弯下身子。
和我摊开的双手有相似的弧度。

从来就没有最好的时光，而
全部的精彩正歇在经不起推敲的湖面上。

我从不寻找船渡，而
摇橹声正在搅动静静凝视的云彩。

说起过往，莲花之白又浓重了许多。
仿佛湖水的涟漪正在夺走湖水。

我从湖水里捞上来的那抹夕阳，
像蝴蝶一样努力地靠近试图息止的花朵。

九　月

这一天，必须感谢止疼片，和案头昏睡。

院子里，有一只独步的老花猫

和一大片枯黄的瓜藤。
雨零碎而滞重。我在院中的空地上写下：
岁月神偷——
秋风摊开拥抱刺槐的手臂。
死亡，在一瞬间扑倒在枝叶散尽的寂静长廊上。

这一刻，从案头滚落的骰子，数不胜数。

果　园

果子都在地上
露出核骨。外面的刺已经不存在了
三十四年。
一只空酒瓶陀螺一样在果园里
旋转。往下再走几步
有一口枯井。

“别让畏惧在此卸下你的铠甲”
是的。已不能豪饮。

而，摆上桌的新酒
扰乱了果园的味道。

秋　天

她坐在秋天的长凳上。
落叶像一支远征军一样正在撤退。

她看见一个身怀六甲的
少女，从落叶中赶来。那么干净。

她无法分辨是落叶的力量，还是
少女的力量，令从容的流水突然崩溃。

游荡者

黎明突然不可控制地
向积雪处奔逃。我从不谈论救赎
梨花
茫茫而白

在你我之间的巉岩之上

梨花
茫茫而白
任由我在靠近时坍塌。在一条老路上
迷失自己，并宽恕自己

十字架与槐花

钉得再深些。
再深一寸，就可以重生了。

这些从十字架上拔出来的
铁钉，已经有了新光芒——

上帝是黑暗的。
他是在所有光芒用完一生后注入内心的突然黑暗。

槐花如烈焰。
照亮万物，那极度的苍白色。

鸟　鸣

这一天，
这之前的旧日，
是鸟鸣在枝头上让我的形象趋于清晰。

晨曦微露，
榛树林中还有毒汁，
柳梢上还有谎言，
竹节上还有刀痕和血污——
知更鸟的第一个音节就击穿了虚无。

我路过这里。
黄昏越来越近。
瓦砾像爆米花一样飞舞，进入肠胃。
迷人的荆棘迎来了春天。

我为守恒的钟摆上那一点偏移
向知更鸟致意。

缪　斯

我在回廊上踱步，
如一只单音节的提琴。

廊柱发出几欲碎裂的绝望的狂喜，
我知道是她来了——

刘晓萍，女，诗人，作家。2007年开始小说创作。曾获《上海文学》2006年诗歌新人奖，第一届北京文艺网国际华文诗歌百优诗人，中国桃花潭国际诗歌艺术节中国新锐诗人奖。已出版诗集《失眠者和风的庭院》，电影笔记《极圈线上的湖水》。2013年与国内其他9位女诗人共同主编《中国当代短诗三百首》。待出版诗集《述而》，随笔集《出门遇见飞燕草》，长篇小说《迷途》。

尘世与梦境（组诗）

杨犁民

十万云朵

我不相信羊群能够跑到
天上去，我宁愿相信天空
是架永不停息的吹雪机

没有翅膀，却那么轻盈
仿佛不是空气在托起它，而是它
在托起空气

十万云朵，每一片，都在流放
自己，每一片，都在
一刻不停，成群结队地追问：
我从哪里来，要到哪里去

我被问得快要掉下泪来

洁白让人软弱，洁白抽走了我的
骨头，身体里全是棉絮

就那么白白地流去了，流过
天空，将一生浪费
任凭我怎样跪求，也不肯
停下来，只把我一个人
留给了大地

天　空

天空，是的，天——空，
天空的天，天空的空，为什么
叫天空？因为天空了，天，是空着的。
看到天空，才发现我自己，也是
空着的，空得
发慌，比天空还空。

除了阳光、雨水、白云、雷电和飞鸟，天空
什么也没有了。天空装下它们以后，还是
空荡荡的。可是天空
再空，也没有我的
容身之地。天空再空，也没有
我空。它把我遗弃在这里，宁愿
自己空着，也不让我飞起来。宁愿
空着，也不让我住进它的虚空。

森林是空着的，河流是空着的，原野
是空着的，菊花的山冈是
空着的。我也是空着的——比明月
还空，比轻风还空。但我更羡慕那只
小屁虫，只拿个屁股
对着天空。它的头，早已钻进
土里，它的一生都在打洞。

唯物主义的蝉

它那么撕心裂肺地叫，把天叫得很高，把树
叫得很密，它拼命地拍打着金属的身体
似乎要把心和肺，以及那根如鲠在喉的树枝
吐出来，把体内所有的钢铁和碎屑，全部清理出去
唯物主义的蝉，它如此歇斯底里地喊
用一种机器在胸腔中假唱，
不得不让我怀疑，如此急切地用声音

撕开自己，到底是出于生理之需，还是心理之需

它已经很空了，唱无所唱，吐无所吐，
是因为哭空了，还是因为空才哭

隐　藏

我曾在洱海住过一些日子，就住在南诏岛上
每天乘船进进出出，在海面上荡漾
去崇圣寺看佛，也看大理国的十位皇帝
如何出家，最后当了和尚
于蝴蝶泉边，想象自己也变成了一只蝴蝶
该有怎样的双翅，又该以何种姿势飞翔
也曾驱车环洱海，走走停停
惊讶人们用拖拉机捕鱼，撒下几千米长的大网
没事便去古城瞎瞅，有时候索性坐在地上
看云，一看就是好几个小时

每天早晨，我都会去岛边码头
看日出，也看日出前还高悬头顶的月亮
海对面的房屋和村庄在薄雾中隐现
苍山众涧在静静流淌——
我确信那些房屋和村庄我均曾经去过
并且可能不止一次
甚至能够辨认出一些吊角飞檐
可是每当我再一次站在这里，站在这海边码头
看见那些洱海滨，苍山脚，云雾下的村庄和房屋
却都仿佛第一次看见它们似的，咫尺天涯
那么陌生，那么遥远
隔着不大不小的洱海
如同隔着浩瀚的大洋
仿佛它们故意将自己隐藏起来
仿佛那是神的居所
仿佛那是我永生无法抵达的地方

据说在洱海，每年都会有成千上万的人们来到这里
悄悄隐居。扔绳索一样
扔掉姓名，身份，财富，欲望，身世和过往
然后像那些村庄和房屋一般，将自己隐藏
我曾见过他们，看他们种地，摆摊，打鱼，发呆
傻瓜一样简单，悄无声息走在路上
他们总是和我擦肩而过
就算交谈，也从不泄露自己的思想

云南的云

云南的云，简直就不是云

是谁把南极的大海搬到了这里
让它倒盖在群山上面
每朵白云，都是其中的一块浮冰

我想架座长梯，一步跨到白云上面去
可是内心羞愧
害怕自己的身体，碰落了白云的雨滴

我想在白云上建房
邀请你来同居
招呼青山煮茶
无事坐在白云边上，聊些诗歌的话题

云下的日子，多么奢侈
我总是无事可做
所有尘世的事情暂且放在一边
一生只想看一片云
一生只想读一本书

在云南看云，最好的地点不在别处
它的名字叫沿途

生在洱海

生在洱海，我首先要修房造屋
背靠苍山，面朝洱海
晨雾洗脸，海水浴脚，鲜花当菜，野果做药
我要像个凡人的样子
行走大地，与姑娘相爱，生儿育女
有事种菜，无事看云
或者目光打鸟，用拖拉机捕鱼
每天沐浴一次辉煌的日出
把琐碎的日子过下去

生在洱海，我要去山中寻仙
把白云缠在身上，以神的姿势俯瞰一次人间和大地
我要去林间捉雾，采集鸟鸣
结识众多奇怪的植物和动物
夜晚穿件棉衣坐在山顶，细数星辰
掐指算算时间和命运
宇宙在身边旋转，说不定一挥手
就捉住了流星

生在洱海，要习惯月亮照耀
月亮硕大如盘，夜夜守候着万千梦境
如果不慎醒来，也不要说话
不要弄破了月亮的轻纱
如果睡不着，也不要紧
月亮熟悉每一家的窗框
只要把心事铺开
月亮就会如约照临

生在洱海，要学会与白云交谈
白云是我一生可能遇到的最多的事物
我对它的理解还远远不够
要向群山学习低头，向大地学习致敬
大地也是我们一生深陷其中
却远不了解的事物，神也总是低头走路

因为我们的灵魂掉在地上
只有低头走路，才可能找回

生在洱海，还要学会隐藏自己
那么多鱼类在洱海你看不见
那么多异兽在山中你看不见
那么多人物在身边你看不见
神就住在隔壁
我差一点就和他相遇

天　光

云朵低垂，紧靠着山峰的肩膀
在云南驿，我看见云朵和云朵重叠，层次分明
就像浮冰一样
也许是暴雨将至，乌云不断聚集
向大地形成压迫之势

可是就在乌云和乌云之间，太阳从云缝间
洒下了万道金光，这金光形成无数光瀑
从天空泄漏下来，瞬间便把尘世照亮

庄稼已经成熟，大地早就收割过了
田地里只留下些玉米和高粱的秸秆
轻风中呈现出微微的土黄
群山脚下，到处是低矮的人群和村庄

我乘坐的汽车在云下一路急驰，它仿佛要开往天边
却又永远在路上

杨犁民，苗族。重庆市作家协会会员，重庆市散文家协会理事，重庆文学院签约作家，曾获全国十佳散文诗人提名奖、民族文学奖等。作品在《散文》《民族文学》《诗刊》《星星》等发表，入选《新中国六十年文学大系》《新时期中国少数民族文学作品选》《中国年度最佳散文诗》等多种选本。

折叠起的细节（组诗）

徐晓

致岁月

此时谈离别尚早。我的身体变得沉重
当时间深处的轰鸣声覆盖过来的时候
我的并不漫长的一生被一览无余地摊开：
血液、骨骼、毛发，我所有的气息
都被你改变。我的日渐粗糙的双手
——那仿若鸟儿的左翼与右翅
承你厚爱，它们因困惑而被自由赦免
而我的热情、稚拙，我的青春期
我出生时的第一声啼哭，已被风雨剥蚀
被你飞速转动的车轮，碾成粉末

——还剩下些什么？一生的浮光
不得不说出的恐惧、羞愧、孤独
还有那莫名的罪感？
——你掠夺了我所有的美
只有石头般坚硬的意志，匍匐在
你巨大的脚掌下。而
那颗碎成几瓣的心脏
正在拼命地愈合，并企图向你妥协

无　题

该怎样把流入一个人一生中的水　都赶进大海
该怎样把一个人手心里攥紧的风声　都送回天空

这些年 我经过许多河流
它们喂养我 洗濯我 进入我的梦境
不知不觉我也像水一样流淌 流向我的命途 流向你
而在深夜 我无数次与骨头里的风声不期而遇
它们像火山一样在我身体里藏匿 密谋
就这样 我的内心有时盈满 被滚烫的水灼烧
有时空荡荡 像世上所有人都抛弃了我
这样想着 我就想哭
就怎么也止不住悲伤

出 路

我们要学会
把自己的心细细打磨
打磨成一粒石子

让侵入体内的风沙
更加粗粝
让寄居在尘世的身体
穿墙而过

我们选择一枚针而不是一把利刃
仅仅是因为怀疑
就像是一片树叶左右摇晃
它忠于命运
在晦暗里死亡

所有的好奇，没有使我们忘记停留
当提及轰鸣的汽笛声
我们无法顺从地跑下去

这些年，心里长出的芒刺
硬如骨骼，苦味滋长
我们不必重生，不必搅得天堂不安
保持晕眩，保持颤抖

这是唯一的出路

沿　途

我不是有意，要把这沿途的稀疏林木
装进空瘪的行囊，试图心安
我不是有意，在烈日下头顶冰雪
马不停蹄地奔向回忆

从时间的书页中随手抽出一页
我的荒唐随处可见
宁静的白光在节气里消瘦
视觉的方向，便是灯火熄灭处

在流离的他乡，我能看到风的影子
在夜的上空穿行。我拒绝它的靠近
拒绝细碎的脚步声钻进梦中

但，这并不妨碍
我卸掉盈满泪水的悲伤
像一个真正的游子
重返故乡

选　择

或者，在黑纸上写下一阕春天的小令
看平仄的静水流深怎样把土地回暖

取三生石上一株草　召唤一只梦中惊飞的鸟
收割起若有若无的距离

或者，择一个上好的日子
顺水而下，寻那一方清风明月
唱出贮存已久的那首潮湿的歌谣

拖着不急不缓的语调　低低吟出
草籽和花瓣前来助阵
折叠起的细节 秘而不宣

秘　密

别给我光环，耀眼的事物都太短暂
别给我赞美，我无法辨别真伪
别给我爱情，我贫瘠的心田开不出你要的花朵

曾经我喜欢从荆棘中寻找满身芒刺的自己
曾经我不懂生与死的界限，以为活着是一种负累
我在白天走失，在夜晚把自己找回来
很多年之后我才看清自己的弱点，说服自己
原谅这千疮百孔的世界并
把它当成一个人的哑剧场

如今在生活的舞台上
我自导自演，一个人哭泣或欢喜
再没有什么喧哗能惊扰我
从东墙到西墙的距离，那株怒放的桃花
藏着我全部的秘密

很多年就过去了

空空的房间，只有大提琴的余音在回响
时间是不可靠的，你也是
我需要借助微小之物
来忆起前几秒钟出现的幻觉：
落在地上的一枚纽扣，墙上孤零零的摆钟
你曾反复翻阅的诗集，床单上突兀的褶皱
你存在于我的虚无中，我的省略里
谁也无法阻止我的想象，谁也无法阻止
你施予我的爱的暴力

——雨适时地来了，我的心从内向外延伸
我看不见你了

走远的人都不习惯回头，而未来
不可预知，我将找到藏身之处
多少前尘往事，都化为时间的浮沫
当有一天我怀抱一个孩子
安抚他熟睡后
我想起你，淡淡地想起
又淡淡地忘记。淡淡地
很多年就过去了

不安之夜

第三只蚊子死于我掌心的那个凌晨
窗外枝头上的小鸟，钻进梦里
喊破了柔软的嗓子——或许
事实上并没有这般热闹。但那起伏的热浪
是真的。那辗转反侧的睡眠是真的
那被抓挠得红肿，有着略显不安表情的指痕
是真的——我更加确信昨夜体内的炙热
绝非来自拂动窗帘一角的晚风，以及
那三个贪食的坏家伙

我于白昼尽头无声地跌倒，如同流亡的罪人——
那个令我一度不敢直视的
熟悉而又陌生的面孔，是我多年前
试图摆脱和遗忘的稚嫩模样
一阵惊心的寒颤
穿过我——似曾相识的疆场上
一个陌生的女人与我交换了爱人
她慈眉善目，泪流满面，有着我母亲般
让我不忍回绝的温情，但他——
并不像我的父亲，一个模糊的影子

扭曲和失语着的喉咙像细密的网
将我们安静地围困。而他背上是
黑色的海域，盛开的枯萎和一个
暧昧的动词。某个瞬息皮肤传来的
细若游丝的疼和痒，提醒我

必须感谢这些小东西。它们将猎物捕获
然后再放逐——多么高明的战术！
而我满含怒气的驱赶
并未如愿。所以我选择相信
它们能找得到来路，却不一定找到归途
它们一次次地大口吞噬，我为明天未知的奔劳
省下的血液，就像钢笔贪婪地吞咽着墨水

——而这又能怎么样？
自知命途短暂，所以甘做
饱食的尸体——不过是寂灭前的徒劳
而那暗下来的硕大阴影，也必定自知终将消亡
所以他游进了我的大脑，掐紧我的喉咙
和泪腺。此时毁灭我的人
就站在我面前，观望一颗心的破碎
刹那间天地岑寂——太阳出来了。

徐晓，女，1992年生，山东高密人，现就读于山东师范大学文学院。作品散见于《北方文学》《延河》《西部》《诗刊》《星星》《诗选刊》《山东文学》《诗歌月刊》《中国诗歌》等文学期刊及选本。著有长篇小说《爱上你几乎就幸福了》，诗集《局外人》。

日知录（组诗）

吴小虫

彩虹桥

一场死亡把我从睡梦惊醒
才发现昨夜顺着白色的液体
其中的酒精成分
点燃了我无始劫以来——
渐渐透明的躯体
阳光下的行走，清风徐来
默念，因为祈祷
而烛火在污浊的莲池摇曳
污浊，青眼白眼
人该继续与枯草纠缠
抑或，在一块石头中打坐
那深海中沉静的力量
正是写诗，双脚站立的土地
阳光打在你的脸上
并坚信孤独是一种美德

立　冬

基本上，你是不需要说话的
嘴巴的功能是吃饭，偶尔亲吻
手会写字，作为交流
所以坐在一张火锅桌旁
微笑，伸手夹菜，起身去敬酒
基本上，你都不用区分谁是朋友

你就闭上眼睛喝啊
你就放肆地想你心中事
比如这庸庸无成又一年
比如这茫茫世间随逐波
坚持着少年意气
一个人，独身，贫穷和信仰
才管那千山万壑
狗眼从门缝瞧人
狐狸与黄鼠狼互拍胸脯
客客气气笑面虎
在语言的水中，如果有真理
那就是因为真诚和善
你感觉到了，情不自禁赞叹
并说：谢谢，你让我更加热爱
这个没有希望的世界

别西北步成

只能割断历史而相交了
被驱赶，监狱的城市

你是流淌中最后的那束火苗
光是情义，就足够我安住其中

你的天性和后天的
笑起来就是整个甘肃

我性情刚烈，往往败于小人
又优柔寡断，注定一生

这夜晚不能没有月亮
飞天的姿势，敦煌

正是为了这骄傲的永恒
以酬谢你曾经和以后的记忆

日知录

我身边的善事越来越多
上周，法师们从华岩出发
踩着天上的星星
行脚到南川金佛山
路上早晚课，途中餐宿眠。
隔壁的念佛堂
每逢初九、十九、二十九
那些白发苍苍的婆婆
长夜不休，佛号
到天亮时才让它落地。
中午吃饭时，看见一位师兄
在扫着广玉兰树下的落叶
今年她们开得并不好
人世太匆忙，我只在某个夜里
闻过她们的花香
那位师兄安静地扫着
他甚至比落叶更安静
这些，已足够我时时感恩
用活着去架一座小桥
但我得提防内心的嗔恨
管好自己的嘴巴和身体
而这个，同样需要付诸我一生的
努力

台　灯

那许多人蹲在角落身前放个牌子找
营生
那艰难地拉着板车前行满车的橘子
金黄
人世的这些场景总让我忘记
并明白一只蚊子的启示

和友人去旧书摊淘书兴尽而归
走几里地去买几尾金鱼看优哉游哉
在人生若只如初见与悲欣交集间
在梦中的梦中

何谓雅聚，何谓清欢？
何谓寂寞，名利以及生死？
此刻桌上的一盏台灯，劈头盖脸

有　寄

隐于诗中，隐于寺中
一生心事
长夜来回踱步，吃茶，吸烟
台灯的光芒
而处在白色的黑暗
罢了，我们
罢了，那嫉妒、不甘、诋毁
朝向太阳
朝向，前日傍晚
将一只被碾压的猫埋葬
在一棵树前
欲隐何曾隐，云傲未必傲
就远远地看着
像曲高与和寡
须弥之业，吹去一点灰尘

夜抄维摩诘经

如果可以，我的一生
就愿在抄写的过程中
在这些字词里
当我抬头，已是白发苍苍
我的一生，在一滴露水已经够了

灵魂的饱满、舒展
北风卷地，白草折断
我的一生，将在漫天的星斗
引来地上的流水
在潦草漫漶的字体
等无心的牧童于草地中辨认
或者不等，高山几何
尘埃几重，人在闹市中笑
在梦中醒来——
我的一生已经漂浮起来
进入黑暗的关口
而此刻停笔，听着虫鸣

吴小虫，1984 年生，写作诗歌及其他文字。现居重庆。

光　束（组诗）

陌峪

红色是冷的

我是站在悬崖边的人
我仰慕蓝色
很多时候
我们孤独地站立
与鲜血一起
疲惫的人
或者老去的马匹
你从熄灭的灯火中获得过什么
我们的爱情
还是
微不足道的
关于沉默的秘密

光　束

那些遥远的
我都放它们走了
还剩下一些
这是我仅有的——
能写下的想念
幸福很长
我的一生也很长
我不能容忍
那些破裂的、顽固的荒疾

我看见自己
在太阳下

王子与玫瑰

我们经历了最长的告别
爱你的时候
风筝是透明的
森林里的绿色琥珀
逃走的刺猬
后来的日子
漫天的。灰色云朵
我在起风的时候哭泣
在人群中迅速地
忘记你

漂浮，或者飞行

我寻找过它们的实感
那些笨重的、撞击的声音
拥有的世界
因为过于广阔而下坠
那些无法触摸的
半悬的钟楼
女孩们因为肢体轻盈飞向天空
用生命交还
失去世界的意义

归

反复醒来的时刻
我梦见大雨
陌生的人。留下的信笺

我这样害怕
天没有亮
月光也没有散去
我在禁闭的空间里
试图拥有欢愉

未　来

带我出发吧
早晨与头顶亲吻过的日光
我活在一个异族的世界
我是唯一一个
赤脚走路的人

你们
或者更多人
以为我的眼里没有过泪光
以为
我在歌唱的时候
就在歌唱

很多个傍晚
我追问落日
很多时候
我与清醒只有一墙之隔

亲爱的人
你教会我爱与拥抱
那些纯白和透明的
我都仿佛拥有过

半山之中的月光
凉薄的。像静谧的婴孩
她不知尘世
不知我已离开很久

长　眠

我并不期待此刻
女孩在背包里带上枪支
绘本和笔
她背向这个世界
背向她曾相信的——
关于奔跑的谎言

一直走。一直
去往别处
漂浮或是坠落
都是离天空最近的姿势
我要做一个仰望者
或者
一个在悬崖边
弹筝的人

那个时候
我们爱着的
都像一个透明的气球
我们所拥有的
像山峰之中的群鸟
像一位词语匮乏的老人
与世无争

梦　境

我梦见一个孩子
摇晃的枫树。和不断被抛弃的影子
我跳入湖水
绿色的水草拥抱我
一把枪。和一张座椅
记忆中的花园
和衰老的镜子

我们相爱过多次
和你一样
我已经忘记你的皮肤。眼角
和唇瓣间透明的言语

我记得你的声音
像天空下的蓝色
记得你
爱过我
和你的裙下之臣

白菩提

傍晚的光线
柔软的。匍匐的紫藤
很久以后
我们并不能在夏天相认
我看见你睡着的样子
像看见猎豹在饥饿的沙漠中
像冬天无法醒来
与春天相认

陌峪，原名刘诗笛，女，1991年5月31日出生于湖北襄阳，湖北省作协会员。作品曾发表于《诗歌月刊》《中国诗歌》《诗歌风赏》《天津诗人》《延河》《中国水墨》等。出版诗集《彼岸花开》。

Prose poem

POETRY FASHION

散文诗章

马亭华

艾蕾尔

董喜阳

丁艳

陈劲松

阿土

卢静

马东旭

苏北赋（组章）

马亭华

大风吹弯月

大风吹弯月，门环染铜绿。

秋天的灯盏含住了古老的时光，沿着河流回家，那露水和晨曦的姐妹，正走在绿色的鸟鸣声中。

一个少年怀揣心事，在河畔漫步。

这天高云淡的秋日，我们唤回梦中的白马，接受星光的邀请。

江心明月，乌鸦披着群星，远走他乡。

诸神，围在秋天里相聚。旷野，有弯弓射向麋鹿，那些跌倒的流水，让翅膀有了惊愕的飞翔。

风吹着落叶，吹着一枚枚沉沦之心。

比秋天更深的，自然是月光的梦境。河流，带走朦胧的诗篇，悄无声息。

风雪漫游，一粒粒结晶的文字，含住半生耻辱和愧疚。

仿佛沉默的勇士，前世铠甲上飘落的一滴孤单的泪珠。

这秋日浩大而宁静，岁月的风雕刻着街巷。在现实与梦境中，风带走了缓慢的时光，云朵获得了村庄上空的永久居住权。

树木的年轮，有流水的纹路和旋转的歌声。

在希望的原野上，小野菊彩排着盛大的歌舞，辽阔无边。一枚落叶，奔跑起来，犹如一片轻快的肺叶。

从南到北，从早到晚。

古道西风，旗阵凛冽。

大风吹奏弯月，夜归人摸黑回到村庄，仿佛举着肋骨的灯盏。

晚风，从家乡赶来，它迷失了方向，两腋和肋骨长出了翅膀，但时光也无法把影子唤醒。

而此刻，你写下秋天的诗，让一张宣纸自己开口说话。

竹笛横吹，纸上的旷野，举出了心灵的灯盏。一棵树，正在发芽；一滴墨，在月光的宣纸上慢慢洇开。

词语在夜色中突围，在支起篝火的黑夜。

一滴滴墨，化作大海蔚蓝的眼泪，明晃晃的珍珠，如同飞翔在天空中的子弹。

苏北乡下的旷野

苏北乡下的旷野。

到处是，光着脚奔跑的大神一样的孩子，一路呼啸，惊飞了串串虫鸣。

在光与影的对话中，有牧童的短笛，吹动了一湖清波，吹瘦了二分明月。

苏北的夏天，有高处的蝉鸣，也有沙哑的低吟，但也挽留不住时光的忧伤。空空的蝉壳，倒挂在树上，一束光，从中穿越而过。

亲爱的，你把透明的翅膀打开，把一朵朵白云搬进体内。

那时，我执著于古槐下漫长的垂钓。

天空的蓝，湖水的蓝，心灵的蓝，像一颗硕大无辜的泪滴。而你的眼泪，分明是另一场杏花春雨。

没有比石榴还小的宫殿，没有比眼泪更长的河流，更没有人能读懂你的心思。

人间的烟火，有仁者淡泊的风度。

缓慢的河流，跟在醒来鱼群的背后；鱼群，跟在少年钓竿的背后。

满山满坡都是野花灿烂的笑声，一缕缕阳光，晃动了山坡。我多想把风喊住，把流水喊住，把村庄上奔跑的白云喊住。

河流，握住了大地的飘带。落叶，围住古老的槐树跳舞。蜗牛，有比蝴蝶更瑰美的触角。

时光中，苏北的河流代表永恒的真理。大地在轮回流转中，预测出村庄的未来。

那是翠绿的村庄，有奔跑的草地，天蓝得像搬来了整个太平洋的海水。清凉的风，吹送你银铃般的嗓音，吹送你前世细雨般的发丝，吹送一个少女单纯的笑靥。

广袤的苏北，那一个把湖水说蓝的女人，在她清澈的目光中，曾经的沧海是否还在？我少年埋下黎明的种子，如今，正该是收获春色和满园鸟鸣的时刻。

苏北辽阔，落日圆满。

苏北乡下的旷野，那光着脚奔跑的孩子不在了。村庄的老者，还在老槐树下闲谈，把烟灰轻轻磕在脚底下。背手回家的老人，如一个梦游的占卜者。

当我再次回到苏北，人逾中年。老槐树下，有人窥测锦鲤的去向，莲荷深处的秘密，以及月夜里无语的牵挂。

一列远走的火车绕过村庄的轰鸣声，充满揪心的力量，最终还是带走了乡下暮晚的心跳。

冬天支起了篝火

冬天支起了篝火，新月消瘦，似侠客归隐的镰刀。

星空寂寥，星空播洒幸福，也收容清泪。

父亲卸下一年中的疲惫和绳索，在炉火的后面，父亲跟我谈起星宿和祖坟的事情。我们像冬天的两朵火焰，交换彼此的心灵。

而窗外的雪花，纷纷扬扬，仿佛撒向人间的碎银。

我们都是信仰者，苦涩的灵魂隐隐地在心底发芽。俯瞰众生，闪烁的星群，总让人大彻大悟，一如这夜晚谱写的苦歌。

我们没有翅膀，但仍然要有鹰的眼睛，和辽阔的襟胸。智慧在碰撞火花，但心灵注定不能荒芜。

把一缕缕的柔情，酿成韵味绵长的灯盏吧。

在雨夹雪中，凛冽的大风，纯净的粮食，一一闪现光芒。

你是在我心中提灯的人，为一朵野花的生日，为一只虫子的慈悲，握住种子，也握住了一生的爱情。

我那失眠的村庄，注定成为岁月长河里的一朵浪花。

风雪漫天，覆盖住十万麦地。

在风中，落日西沉，一夜之间白了头发的村庄和母亲。

如果雪花的海洋要决堤，就倒进淬火的天空吧。

在时光隧道中穿行，有星星，有朴素的春天，有高山流水，有彩虹照耀下的火车，有三月的风，有空旷的月亮的梦。

抓一把雪花吧，唱出月光忧伤的哀歌和刻骨铭心的初恋。去安慰一颗业已破碎的心。

在冬天支起篝火。月光的幽怨，月光的暖，是永不凋谢的玫瑰。

风，从苍茫的乡村穿过。带走了源头的气息和生命的见证。

雪越来越白，岁月越来越沉静。在苦难的乡间，明明灭灭的灯盏，把灵魂叫醒，把苦荞麦和油菜花的春天叫醒。

没有雪花的夜晚，父亲捧着酒，仰望空洞的星空，这轮回的大地上，粮仓里的高粱酒。

一尾明月，攀越奇峰。与梅花相依为命的雪人，含着古老的飞翔。

在一片雪花中守望季节的跫音，对抗身体里的寒冬，守望鹅黄的春天：以爱恋，以悲欢，以辽阔的蓝，以火焰的方程式……

黑马跨越的远方

从大野深处传来自由的意志，鞭声脆响，穿梭豪迈的大风，披挂着霜的音符。

黑马跨越的远方，才能叫作远方。

春天的小鹿，在林中穿行，劳动的身影如晃动的灯柱。

槐花，是春天解开的纽扣，雨水把花朵养成女人，是被时光雕刻成的爱恋。彩虹溢美，苦歌嘹亮。

远去了，那些花儿带走了羞涩的诗行，带走旖旎的云，去追赶远方的列车。

唯有炊烟，高于村庄，低于流云。湖里归来的鱼群，像月光中的银两，静静守护着古老的岸，古老的水边的苏北。

春天的河床，被风吹送，桃花，在流水中照镜子。

野草，焐热辽阔的爱情，比雪山的愿望更高，比原野的内心更静。

当秋风瑟瑟，吹净了大地上的尘埃。

十年光阴，十二支玫瑰。如心头的陀螺，丢失在大风中辽阔的旋律。

这些年来，屈从的一切，是被世俗追得无路可走的李商隐，是在湖水中奔向终点的屈原。而窗外是漩涡中的视野，让一首绝情诗，来到纸上。

一个虚妄者的灯盏。一粒在乡村活下来的孤单的火苗，一只只流泪的蜡烛，那是被风吹熄的穷乡亲的眼睛。泥土中的铜镜、汉画像石、金缕玉衣，以及锦帛中的碎瓷，仿佛被青草一再挽留的红尘。

风化了案几，隐去了呼吸的酒樽，唯有隐者抱着蝉声，在大树下酣睡。

群星的琴键，是内心苍茫的守望。还在沙哑的嗓音中苦苦跋涉。

背着秋天的身影，把自己折叠，守住河流和村庄，用萝卜做成灯盏，放置在门口。

女诗人说：一匹马，有着自己的远方。

阳光将树影，写在水面，夏天在闪烁，奔跑的雷声中，走来了摇晃的醉汉。薄雾的轻纱散去，满河谷起伏的蛙鸣，如急雨中穿行的一艘渔船。

故园的菩提，花蕊上的露珠，有了重新命名的月亮和星光。梅花的隐士，闪闪的旋律，月亮的前生，远眺沧海的灵魂。

这秋的劲风，冬的离愁。红颜的泪水，仿佛爱的潮汐，那是一道无法辜负的伤痕。

啊，黑马要跨越的远方，才能叫远方。

马亭华，笔名黑马，1977年10月生于江苏沛县。著有诗集《苏北记》《大风》等多部。多种作品入选《中国年度诗歌》《中国年度散文诗》《新中国60年文学大系》等选本。

风吹动泥沙（组章）

艾蕾尔

不死鸟

当我站在窗前，想起你的时候，总会有一只不死鸟在耳边咕咕叫。它的声音使我感到悲伤，为什么要这样残忍呢。

残忍的姑娘。光着脚走路，走在灼热的沙漠里，嘴巴裂了口子，流出血来。

阳光下有东西在闪闪发光，我知道那是什么。水。我最需要的东西。我走过它，看都没看一眼。生命，它经常滴血，在最白的天空下，滴出果酱一样的颜色。什么是痛？这个颜色很美，至少它让我看到我还活着。

我走在路上，走在沙漠里，走在骄阳的灼烧里。热浪吸走了我的身体里仅有的水分，每当夜色临到，我看到星星，我会对它说，亲爱的，这是最后一次见你了吧。可是我总会在太阳出现的时候，醒来。你还爱着这生命吧，爱它，你会感到羞耻么。伸出手去，想要捉什么东西。哪怕是最轻的蛛丝也好，你看到什么，都没有。手在风里，被天空怜悯。假如有把剑，我会在白天，而不是在夜里，刺穿我的心脏。

或许你该睡在树洞里，睡上几千年，永远不要醒来。这就免去了行走的麻烦。沙漠里只有你一个，光着脚走在灼热的沙上。没有鞋子，可怜的脚趾，滴下血来，它哭了。

你会觉得羞耻吗。当你流泪的时候，像是被抛弃在风里，被时间蹂躏。你会被风干，被冲刷，被刀子切成血滴的样子。哭吧，不要啜泣，你明明知道，无声的泪带着锋利的刀子，给你写上羞耻的名字。你是谁呢？请不要告诉我，假如我爱上你，便是我的死期。

你的爱是残忍的不死之鸟。啄生命的血肉，日日夜夜。干脆让泥土将泥土杀死，掩埋消失，永不重现。干净的明天，悬挂着骄阳。你还给我，我潮湿的时间，我的灵魂，我孤傲的生命。

日光倾城

从零开始了，在热带雨林里，潮湿的太阳，流泪的太阳。就连云朵也没有原本那样的轻盈。你看到那个房子了吗？水中的房子，白色的房子，雨林里的房子。

对着单调的日光，一个女孩摘下自己的影子，将它放逐，晒在沙滩上，被潮汐惹得发毛。我有些不知所措了，生命，潮汐，火山，沙滩上的脚印，枝丫间铺叙的蜘蛛网。当你睁开眼睛，仿佛是创世的第一天，你会感到孤寂么？还是会欣喜呢？

我尝试过，夜里长出的火烈鸟，没有人看见它的翅膀，但它可以快速掠过时间，裹挟被你忽略的一根蛛丝，草尖上的悸动。没有下雨，可是一切都潮湿，宛如被呼吸侵略的小嘴唇。

女人远离男人的孤岛，在沙漠里狂欢，火烈鸟啄最黑的樱桃，挂在山顶，被烈日灼烧。她想喝水，海水，潮汐。这惨绝人寰的白，绿了的，是春天。

躲到树根的灵魂里，宛如被谋杀的白天，睡在夜里，永不醒来。太阳哪里去了？我的天空。

房屋远离村落，炊烟被时间的刀子隔断，一滴血也没有流。

陌生人

我找到一个好地方，一个陌生遥远的地方。陌生人，我喜欢陌生的丛林。

在那里，我是一棵树，如果那是一片森林。但，若是沙漠，我就变成沙子。太阳落下去的日子里，即便只是一个夜，也会漫无边际地冷下去。可是没有人认得出我。这样还算好过一些。那些亲爱的人，我早就不在了，这是真的。你看到的是什么东西，我也无法告诉你。我不认识它。你好。陌生人。

如果你睁开眼睛，在一个清晨。不要想起过去。你是陌生人。你要带我走么？嗯。灯光暗了下去，太阳升起来了，有些刺眼。我遮住眼睛，谁也看不见了。也好。你从哪里来？又到何处去？你是等待中的戈多，可我从未见过他的模样。一顶爵士帽，小礼服，扯淡。满是褶皱的衬衣，脸上都是黑胡茬，像个浪人。

对了。浪人。又苦又脏又干净，算是什么东西，谁知道呢。你看远远的那棵树，我真希望它是绿色的，茂密，年轻，未来。可它有些孤单，是的，整个荒原上就只有它一个，我猜它是从冰岛上逃离的小孩子，又葱郁又冰冷，你只能远远看着它。像是久远的一个梦。你哭了吗？擦干眼泪吧。灯火阑珊，你可以走了。

有你想去的地方。水边的蓝色，比天空还清澈，让你想起孩童的眼睛。静静睡在鹭鸶身边。

你绝对没有一颗石头高贵

雨水冲刷过的街道，混了泥，没有灯光的夜，混合了肮脏。天空是一把尖刀，随时可以拦腰斩断。

那双被脚遗忘在黑洞里，永远都找不到的鞋子，踏在沙砾混着碎玻璃片，长到似乎永不休止的路。我不知如何是好，茫然中只知道必然的疼痛，前后左右环绕，犹如置身水中。我光着脚走路，伤口黏住了明天，让它永不会来到。

今天永远沉没在沙砾做成的海里，明天没有明天。风吹过沙滩，海浪退了又来，让我睡去又醒来。叫醒你的耳朵，叫醒你的唾沫。白色吞没了太阳，橄榄树被焦灼淹没，生命。

石头，你绝对没有一颗石头高贵。我也是。风呢。它永远活着。

不安与惶惑

你，一个字也没有落下，你只在音乐中发呆，落泪，不安与惶惑。

而四周的事物，它不管你的心境，一样在深深呼吸，看着人生百态；在黄昏沼泽之地与你苍白的面容相接。

这个冬天灰蒙蒙一片。

可收割的只是流淌下来的眼泪，以写实的形态表现。

认领命运，感慨着时间的单向性和身体的唯一性，凄婉地，你开始一步一步走进去，成为落拓在纸上的文字。

你是自己写下的诗、散文，还是一篇四不像的小说？文字是支撑你活过艰难岁月的意志，你灵魂里黑色的罂粟，孤立灵魂中的力量。

战斗，搏斗，厮杀，炽焰腾腾，一个绕不开的存在，一种维度，在隐痛的瞬间交会，直到最后被飓风吹走，消散。

战斗，搏斗，厮杀，像中蛊一样，有一种奇异致命的魔力，你无法停止写作，也解释不清为什么要用文字与自己和世界对话。

无论这些文字是黄金，还是颓废，还是一种对自己的古老的敌意。

你沉默。

生　命

柔软如水划过手指，青苔满地的潮湿，空气里穿透声音。知觉，不只是你才拥有。

赤裸的石头，泥土深处一粒芥子，你听到它们，潮湿移动，欢笑或者哭泣，大多数的沉默，不只是你，伟大的生命。在与永恒，都在那里，无法触及的既定，你与生命的脐带。你想成为自身么？永不可能。

当咒语诞生，无法宽恕的罪行。

人啊，你不是生命，是它的脚印，风吹过荒野，你转眼即逝，生命永在。微尘，你看到它的时候，记得问好。你们本是一体。

任何东西，都会淹没你。欲望。它的奴仆。蜘蛛网，被雨打落的昆虫，一只蚊子吸了你的血。你在泥土中，成长，老去。蜘蛛爬到下一个地方，吐丝，结网。风沙淹没风沙。太阳落下。

永恒。脚印。生命。你永不会拥有这一切。脚印，风吹动泥沙。

艾蕾尔，原名王蕾，1986 年 8 月生于河北，清华大学美术学院博士，现居北京。现主要从事当代艺术批评、策展工作，兼写诗、画画、自由撰稿。大学时代开始散文诗和小说写作，代表作《隐秘的刺丛》（散文诗集）、《本草纲目》（中篇小说）、《会飞的蒲公英》（中篇小说）。

致命的飞翔（组章）

董喜阳

午夜诗札

今夜的思念很纯净，不打折扣。它抵制臆想，更对抗小卖部里降价的老白干。它是六月份的脾气，以及瓷器里盛满的淡绿色的薄荷酒……

放你，在微笑的小酒窝里，给那两片盆地一抹最美的绿意。

两滴顽皮的小雨点滑落的古铜币，就在花瓣里荡起童年的纯真。

多么希望你就是我上扬的嘴角，是我用千年的回眸换来的新娘。

倘若星星沉睡，怀疑我的真诚；

我愿意抢来太阳的光芒，为你做世间最廉价最温馨的嫁妆。

你快乐时，我痛饮美酒，幸福跑出来拉扯我的手；我拽着彩衣，寂寞中翩翩起舞。

小脾气遥挂在你可爱的脸蛋上，犹如我把忧伤涂满山岗。

那些花，那些草，都是你的一滴泪，风一吹，所有的故事都凌乱一地。

今夜，我被月光彻底地包围。我听见它吞噬孤单发出的声响，摩挲这段感情，亲手放上书架。即使沿街乞讨，也不会把它廉价出售。

伤　口

爱情是水的提纯，茶香中缭绕的分子。

割破了茶叶嫩绿色的纹脉，以及幼时幻想的咽喉。犹如悬置的爆裂，蓝质花瓶的导火索。药引中抽条的迹象明显，苍白的肝硬化。季节中的余晖，被簸箕拾起。

没有愈合的光进来。我的伤口失散人间，差遣的火焰时有时无。

给伤口穿上鞋子——布鞋、皮鞋、高跟鞋、休闲鞋……无家可归的脚，量身定做的鞋，这个时代的西红柿，一生的羞赧与汁液献给了太阳。

扑面而来的海潮，将是我为爱流淌的全部血泪。

纠　缠

在牛顿的肩膀上，苹果树明显矮了许多。显微镜下的心事，粉红色的切片，在一张白纸上发酵。受过煽动的风拂来，鼓吹的人站在城楼上演讲。

高调的是蚂蚁。在黄昏内部，扛着放大镜来找寻爱情，一对男女。

揭下一脸的忧郁，广告栏上。不多的色彩是蓝色，半瑰丽的时光，等待轮回。

我的期盼是风干，哪怕是乱了心神的一盏寂寞琉璃。

我多放大的爱，你少浓缩的痛，相遇、相融。各自的命运托付给一口锅，当火焰点燃，铁坚强的热泪潸然。

二分之一的爱，累半辈子；

二分之一的痛，伤半辈子。

致命的飞翔

把日子逐渐加厚，披在身上。感受这陌生斗笠慈父祥母的温暖。

手捂胸口，按住了我的脉门——36.7 度的体温……

一只受伤的大雁，溶进时光的翅膀。躲进干瘪的腋窝，抚摸飞行的疤痕。

一群愚蠢的惊弓之鸟一遍一遍地扑打羽翼。

一次致命的滑翔漫过俗人的目光。

陌生人

城市的病态相对轻微，倒挂在午后——三点四十分时间的蝴蝶结上。

你是一张脸，在薄暮上涂满愁容。仿佛表情是刺绣，从江南蛰居塞北。

一群人，像史官，像强盗。闯入历史的花名册。叫宝典的书籍很多。这一本正在散热，带有蒸汽的危险，金属气味的欢愉。重新定义与归纳陌生人，一群人。组合，拆卸。带有人的模样与尊严，诡诈、阴险的阳光，透过无数指尖，令人发麻。

流窜的脚步如一颗颗棋子的目光，
暗藏杀机。那些被举起的云烟，闪躲在雨水的前面。
为阴冷的天气找了个理由。
天空只是宽容的微笑，半晌说不出句话来。

董喜阳，男，1986年生于吉林九台。当代诗人，资深媒体人，青年美术评论家。某诗刊编辑。作品散见于《诗刊》《星星》《诗歌月刊》《散文诗》《诗选刊》《扬子江诗刊》《诗潮》《诗林》《诗选刊》《绿风》《散文诗》《散文诗世界》《作家》《大家》《滇池》《阳光》《延河》《芒种》《红豆》《海燕》《鸭绿江》《四川文学》《山东文学》等刊物。获得2014年度白天鹅诗歌奖，首届关东诗人奖新锐奖。著有诗集《放牧青春》《万物之心》等。吉林省作协会员。现居长春。

流水岸边（组章）

丁 艳

在斜阳的那边

我一直相信，斜阳是经年的渡口。渡口边，流水、砂石。

草色，在风里，喊自己“青青”。青青，是她的名字，是越长越深的小命。

而我，被一叶小舟，从渡口那边，误载入尘世。并在一棵花树下，安身。

安身，却不曾立命。只是把那花开的颜色，错认成“红”。于是，把你的目光，也错认成酒，从此一笑，只想倾一人城。

奈何，那落满地的，才是“红”，红尘的“红”。而黄昏的雨，才是咬破的嘴唇，是绚烂，骨头里的声音。

扶着满天的乌云，我也开。孤独，是最后的花朵，最后的灰烬。

顺着风，落在你的篱前时，我最后一次唤自己的名字：“轻轻”……

流水岸边

姐，眼前流淌的，还是十年前的那条河吗？岸边的小野花，和从前是多么相似，还有慢慢的牛，慢慢的羊，慢慢的，散在水面上的夕光。

整个下午，我在草丛中，一直没找到那两条带我一次次回来的铁轨，没找到铁轨旁，那两只驮着落叶回家的蚂蚁。

只有几声虫鸣，打湿了我的衣裳。

对着这流水，我说，我回来了，不过，我马上就想纠正这句话，我应该说：我再也回不去！

其实，回不去的，还有这风，这云，这花，这草。她们，都空有一副昨天的俏模样。

姐，这春天和十年前多么相似：天蓝，云轻，云彩下，走着露珠一样新鲜的人。

可是，你知道吗？春天其实只是一只空碗。碗里，有时盛汗水，有时盛泪水，有时什么也不盛。

端着它，我曾是一个多么虔诚的乞讨者。不过，终有一天，我要做一个从容的王。

云端之上，我对这个世界说："退下。"

荼蘼花开

哥哥，你看，那漫山遍野的花都开了。红的、白的、紫的、蓝的。她们，是今年的太阳新发出的芽儿，还是去年的月亮又回到了人间？如果她们是新的，怎么个个都与去年有着相似的香气和容颜，如果她们是旧的，怎么没有一个拉紧我的衣袖，和我说说从前？

可是不管怎样，花香溅上马蹄的时候，我也盼望上苍能给我一天时间，让我也可以有那么一次开到荼蘼的绚烂。

那一天，我要在屋前栽竹，屋后种瓜。当然，还要有几株牵牛花，爬上稀疏的篱笆。绿竹不必成林，瓜香无需十里。疏篱挨着溪水，十丈之内就是我全部的天下。

那一天，竹影下与你对弈、品茶；瓜田里，与你大话天下。你不必送我玫瑰、牡丹、芍药、百合。溪水边，帮我绾起长发，看着我的眼睛，喊我一声娘子吧，只这一声，就算偿还了这辈子欠我的所有情话。

春　寒

河水化了，可是水面上依然漂着大块的浮冰。这北方的春天，温暖和寒冷似乎没有明显的界线。这个时节，若水下有鱼，它是会觉得冷还是会觉得暖呢？我不知道。

就像此时，沿着这条公路一直往前走，我依然不知道自己的目的地。

十年了，我知道这路边哪棵树在春天第一个发出嫩芽；我知道这路边哪一枚石子旁开哪种颜色的野花；我也知道那汪泉水边，一只小花鼠每天都会来喝水，喝完后，就翘起小爪子，歪着小脑袋看着水边的我。在我试着亲近它的时候，又倏忽转身。

每一次望着远方的地平线，我都对自己说，就这样一直走下去吧，如果不能走到繁花盛开，就一直走到百草凋败。可是每次我都像一只风筝，总要顺着那根被别人牵在手中的线，从风中返回大地。

脚踏实地许是也很好吧？在沿河村，这些脚踏实地的松树、槐树、杨树、柳树，还有秋天遍地的野菊花，都是我短暂的依偎。是我在尘世里的亲人。

十年了，它们知道我的忧伤，知道我的迟疑，知道我走投无路的路……

斜阳坠到山那边去了。坡上的杏花，还要好些时日才能开。现在只有风吹着那些突兀的石头，吹着石头缄口不提的往事。“世间的花开，皆为情事”，想到这句话，我望向远空的蓝，那蓝，多么令人绝望……

舌尖上的蜜

1

如果有一天，当我终于在你的眼神里停下来，

我不知道，我是会笑，还是会哭，抑或只是傻傻地望你，望你，什么也不说。

就像落叶回到枝头，就像花香回到花朵。

2

很多年前，我只是一阵风，

吹过山坡，吹过河谷，也吹过自己的命运。

我以为，我会很快变成一座荒丘，尘埃落定。

可是，我遇见了你，遇见了尘世里，另一个真实的自己。于是，我开始飞翔，在阳光下，在爱河里。

3

隔着山，隔着水，隔着屏。

我说花开，我说流水，我说枕上雪，袖上霜。

行行复行行，还有千万年的等。

4

当岁月用那只无情的手在脸上画下皱纹，暗斑，我不知道，自己还有没有勇气说相见。

多希望在山茶花盛开的坡上遇见你——

那时候，天蓝，云轻，我裙裾如雪，所有的美，都只为你一人盛开。

“月光衣我以华裳，林间有新绿是我青春模样。”

可是，风里，我说老就老了，老了，铅华落尽。

我只能哭着说：“下一世，在最美的年华里，我要做你最温柔的妻。”

5

亲爱的，你不知道，今生是多么庆幸能够活着遇见你！

当月光摇醒你窗前的花事，就开心地笑一笑吧。

我会一直一直望着你，望着你——

不管阴阴晴晴，不论风风雨雨。

虽然我不是蜂，也不是蝶，

可是，我一定是你舌尖上，

最甜，最甜的蜜……

丁艳，黑龙江省林口县人。黑龙江省作家协会会员，中国诗歌学会会员。作品见于《美国侨报》《诗刊》《星星》《中国诗歌》《北方文学》《诗林》《散文诗世界》《岁月》等各级刊物。

青藏词条（组章）

陈劲松

沙枣花

细小，又如此辽阔。
飘渺，却有着金属的质地。

一匹含糖的丝绸，被古老的春风打开。

黑牦牛

雄性的风，荷尔蒙旺盛，肾上腺素激增。浑浊，粗粝，奔突在高原。
浓墨写意的乌云，情欲鼓胀，垂下雄壮的男根。
风雨锻打过的黑石头，蹄音如铁，打开青铜的旷野。

安静时温柔如雨滴，愤怒时怀抱着沸腾的岩浆，成为狂奔的火山。灼热的鼻息，激荡起狂野的涡流。
黑瞳孔，安放下四万五千平方公里的狂野与温柔，荒凉与孤独。

雨　夜

闪电低垂，明亮的鞭子抽打天空中的花园。

雷声淘洗淤满泥沙的耳朵。

雨还未来。
天空布满锈迹，
谁来清洗？

雪　山

是夜航的白帆船？
是白色的马群？
是神殿里不熄的灯盏？
不倦的掌灯人，额际明亮。那一场场的大风雪，是他扬起的袍袖？

巴音河

那么多的石头仍在倾听，而我是其中的一块。
静默着，期待着一朵浪花能再回到我多年前那首诗歌的标题部位。

流水仍在歌唱。
一只水鸟掠起，这只幸福的鸟儿，它的飞翔被流水的歌声淋湿。
（那只水鸟是另一块倾听的石头么？）
它的歌声被流水重复，
还是它在重复流水的歌声呢？
在河滩上坐下来。
阳光也坐下来。

流水带走了一切么？多年前那个一袭白色连衣裙的女孩呢？河滩上的花朵，它炽热的唇已无法说出走远的故事了。

河对岸汲水的妹妹呀，你脆亮的笑声涟漪般在河水中绽放，并被流水带走。你的美丽却被我的文字留下。

这本是一首写给一条河流的诗歌，可河对岸那个汲水的妹妹，终于改变了这首诗的走向。

野菊花

除了我，以及那阵把脚步放慢的风，没有谁会注意到他，矮小、瘦弱，满面灰尘，这个远道而来的孩子，他赤着的脚比秋风更凉。

绕过那些面色阴沉的寒霜，命运的北风里，这个挣脱了秋风的孩子，提着黄金的灯盏，他用细小的光芒，正努力搭救

被荒凉打劫的高原。

野芦苇

蒹葭苍苍。

着长袍，临碧水，吹古风。

那风起自《诗经》，透迤而来，是曳地的丝绸，是锻打了两千五百多年的光芒。

负手而立，行走于这苦寒的高地。

秋风紧，皓首如雪。

腹内空空，你是否倒尽了愁怨。

蓝色可鲁克湖

1

一层层的波浪之间，
谁在叠加
纯粹的蓝色。
情人的眼波般干净、明亮。

2

蓝色加上蓝色等于什么?
一群在水里飞翔的鱼加上一群在蓝色天空中游泳的白色鸥鸟等于什么?
一大群涉水而来的芦苇加上远处闪动神性光芒的雪山等于什么?
那些细密的蓝色的波浪全部相加又等于什么?
这一切相加之和，是不是等于
梦境?!

3

是芦苇在拥抱可鲁克?
还是可鲁克在拥抱那些因感恩而把舞蹈献给远处雪山的芦苇?

这是一个简单的选择题。
芦苇丛中众多的鱼群把这样的问题交给那些白色的鸥鸟们来回答。
鸥鸟低飞。它们正用脆薄的歌声把这一切温柔地抱紧。

4

透明的风轻轻打开，

风的衣衫是丝质的。
它的心事呢？
那群放轻了脚步的游人的心事呢？
可鲁克湖送给每个人的心事都是水质的，而颜色
都是蓝色的。

5

那么多的车辆驶来。
他们都把车停在离水最近的地方。

如果能在蓝色的湖水中抛锚，因为美丽而误了行程，也是幸福的呀！那个跳进水中的司机是在说给可鲁克湖听吧……

6

那只白色的鸥鸟守住一个最大的秘密。
它是远处雪山拒绝融化的一块冰么？

它的表情与可鲁克的表情一样：温柔，却冰冷。
它的鸣叫是热烈的，白色的碳火般布满可鲁克。
如果可以，请用诗歌的手掌
捧住一粒吧。

陈劲松，青海省作协会员，1977年6月生于安徽省砀山县。作品散见于《星星》《散文》《散文诗》《绿风》《安徽文学》《延安文学》等刊物。著有诗集《白纸上的风景》《五种颜色的春天》（合著）。

云水禅心（组章）

阿 土

一

佛说：白云覆青嶂，蜂蝶恋庭华。

云在山角上挂着，一滴靛青染就的蓝，诉说的是沧桑抑或成熟？

我时常是一种在梦中的感觉，又往往瞬息醒来，而大脑中只留下混沌的一片！

在水花溅不到的地方，捻两缕佛香成丝，串三片羽衣成裳，着一袭素色的月光，在一朵花里栖止，不动不静！

我自知是一个凡夫俗子，无法解禅之妙境，纵使，能把自己熬成入定的石头，也无法抵达空明的了悟。无法于云起时，看到皈依的肉体缓缓升起，脱胎换骨。

佛说我尘缘未尽，仍要在六道中轮回。可我不以为然，既然生命只能以这种方式存在，且忠实于它应该经历的过程吧。而忠实的过程不也是一种修行吗？

也许，我最终画不了云外的青山，描不成树下的菩提，绘不出内心的经卷，涂几座宁静的寺院，勾几只平和的雀鸟，抹一团淡泊的暮霭，也就够了，够我在混乱的人群中，敲响云板……

二

佛说：一雨普滋，千山秀色。

这是否是给我的又一种暗示？

青山半掩，寂寞的黄墙内，是谁，长一声短一声，把月光念得心事悠然！

还是那一池动人的青莲，更令人心生念念。倏忽之间，旋即变成了水，整个世界顿时空空荡荡……

在旷达里浸润得久了，寂寞也会温暖，孤苦也会知足，而人只要越过了这些，福慧自然增长，境界自然超越，即使对面无人，也不妨他与天地酬唱。

哪里还需净土，这远避的世界仍不过红尘一隅。但是，我愿意在这里停下，换一身宽襟大氅，舀一瓢清泉赏心，植三五棵紫竹悦目，耳观眼，眼观鼻，鼻观口，口观心，平息静坐，单盘也好，双盘也罢，一切只为自在！

非我玄想，那如露如电的人生，如果真的要修500年，我不怕把现在的皮囊坐成一副枯槁。如果我能找回前生，不再犯相同的错误，我愿化作一条不能回头的独木，以身横架河上，用一生载渡。如果，成就别人，也不能换回前世的一睹，也没什么。当你来时，你不识我，我也不识你，只愿有一缕吹过的风，是当年的那阵。

现在，佛看我是佛，我看佛却云遮雾绕，只有那逍遥的山风，有点出家人的样子。

三

佛说：道由心悟，岂在坐也。

我忍不了揣度当年的幼稚，以为跏趺而坐，口中持咒，即可成仙得道，换却凡胎。

我极力掩饰着内心，不让他人发现我在逃避的事物，但正是那些被我忽略的庄稼，让我生命的灯捻有了持续跳动的火焰！

佛香萦绕，无数的俗念搅动着平静的心海，为谁祈祷，为谁许愿，为谁谋福祉？

看似虔诚的叩拜，不过是一种市俗的表相，有谁在须臾中真正做到：诸恶莫作，众善奉行？

在人生与悟道之间，是一杯茶。水知道，叶知道，我不知道！

谁能用不着一字的风流，为我尽解心头的疑惑？

佛不说，法不说，僧不说，谁会度我？

泥塑木雕的佛像高高在上，慈眉善目之间，风幡吹动的禅示，早已点开了殿下的花朵。

四

佛说：心生种种法生，心灭种种法灭。

我不是圣贤，无论过去还是现在，总一条无法言说的路，在我百结的愁肠中理不开来。

我渴望拥有文采，风流倜傥，又幻想家财万贯，可以大庇天下寒士，我还想要三千佳丽，琴棋书画皆有绝学，但更希望儿童欢快生长，老年人生活无忧，健康安乐！

我知道，人不可以那么贪婪，我只想点上一炷心香，不让悲伤蔓生！

我知道，流水无法掐断，但心可以静如磐石，但我不想克制，让生命老态龙钟！

其实，不用佛说我也已经清楚，在天地之间，我不是来者也不是去者，不过是云水间倒影一个！

阿土，本名庄汉东，江苏省作家协会会员。作品见《散文》《中华散文》《散文选刊》《人民文学》《延河》《北方文学》《草原》《飞天》等刊。入选《21世纪散文年选》《21世纪散文诗排行榜》等多种选本。有散文集《有一种距离叫遗忘》《绝句那么美》《读木识草》（台湾版），诗集《诗意故里·绝色新沂》等。

出口（组章）

卢 静

1

我站得太久了，双足的大理石雕，昨夜已趋近风化。

亲爱，月亮把自己折叠七层，不让我看见完美的脸，只露出一只躲闪的眼。

钨丝，却悄悄滑过我纠缠的虬根，一滴金秒针的泪水里，我迸射到星座呼啸的太空，又落回原地。

远方椭圆的海洋，闪现一道血痕。

子夜零点的河床，移动的浅灰色地带哦。

我弯下腰身，游曳在翻滚了一万年的荒原，我抱住一朵硕大的露珠，衔出红亮神圣的火。

这幽微里的灼热，悬挂着你的一生。

我的前生与来世，却擦肩而过，地平线上呦呦的金色鹿群呢？

食之，甘甜略带苦涩。真正的苦涩还无法体味。时间会告知一切，时间也带来回忆绵绵。

再回首，记忆如蔷薇根须般生长。黑暗里向深处探寻水分，黑暗里紧紧抓住土壤——那最忠诚的温暖！

弹去尘埃，轻轻叹息——呵，童年。呵，江南。

2

以一名失踪者的身份，你，横吹七孔笛，出入于古陶罐上的网纹。

难道五角形的夜，也会成为一枚脱水的标本？
像东墙垂下一根线，一只曾经翩翩起舞的蝴蝶，倒立，颤栗。
一粒砂，寻常巷口，包裹了我。

亲爱，我翻不过去，坠下来了，从风铁铸的脊背上。
究竟多么重的罐盖，又缓缓压住了我？
风只在，比塔尖高的地方，开启丰满的唇，注释一个比水的眼睛还透明的事物。

黝黑的山巅，爆发了一场雪灾，从一个示弱的手势开始，我青春的胴体完成了一次葬礼。

3

锯齿形的墨蓝色橡皮，擦去我，生长着青枝绿叶的字迹。
一条寻不回河流源头的鱼，在反复碰撞的尖屋顶下，吐出虚幻的气泡。
被七条逆光的植物纤维，紧紧缠住腰。
那里，纸的氏族村落里有一张网巨大的倒影，只漏下一个啼笑皆非的名词。

我，翻滚着，冒不出太平洋上的液晶屏了。
究竟谁在我与海之间，筑造了一扇铁将军把守的门？
我听不见，一枚野葡萄砰然粉碎，向天空打开一个微小的缺口，倾泻一望无际的蔚蓝。

4

以一名失窃者的身份，立交桥的上方，我飘浮在环形结构的气流里。

我的影子，卷起身躯，被一只晚更新世的石磨裹住腰。

你只听见，河水反复冲击古老的磨盘。

一匹灰马驹粗重的鼻息，反复研磨的千百种滋味，一只黑白交替的鞭子。

我一点儿卷不动，比沼泽还低的纸。

失重的洞穴里，蕴酿着昼与夜两个王国，一场更大规模的战争。

5

"救救我……"，让原野沉默的微小声音，被一个泉眼无限释放。

你如约而至，亲爱，依旧横吹着七孔笛。

时间的栅栏之外，我的影子立起身，与一株水草久久拥抱。

我们穿过苹果成熟，微微发酵的园子，穿过一条让所有花蕾都沉睡与苏醒的河流，抵达海浪也拍打不到的远方。

在那里，你的另一尊雕像。你说。

她？右手高举一条鱼的尊严，让水分子结晶的左心室里，深藏着旋转的大海。

为了开凿这空旷中的一点萤火，是否要用一世的力气？

卢静，女，山西散文学会理事。作品散见于《诗刊》《青年文学》《星星诗刊》《诗潮》《散文诗》等报刊，入选《中国年度散文诗》《大诗歌》等选本。曾获 2013 年度第七届中国散文诗天马奖等奖项。

不舍昼夜（组章）

马东旭

活在干净的人间

黑夜泼溅着什么？

他们的卷曲、偏执，内心的孤独绵延。在小小的蒲团上，我是自己的部落与江山，以草木洁净肉身。以大把的光阴，细嗅蔷薇。闪亮的嘴唇忽然张开。

坐一枝禅香。

我感觉。拥有了平原所有的宁静。淙淙的申家沟，婉转而去，每一滴水都是我的亲，每一滴水里生长的万物都是我的亲。

暴雨骤至。

听松子滚落。

——芸芸众生在大千世界里踢蹄，不舍昼夜。

好　雪

我曾多次描述的广阔大地。

被一只旱魔之巨手撕出缺口。黑色的麦田呼啸着，奔向死亡。洁白的羊群，和我们一起焦渴。马匹踢踏，它闪烁的蹄子是黑夜的漏洞。平原的水啊，高贵如酒。我欢愉是因我欢愉。正如我悲伤，因我悲伤。仁慈的母亲哦，在古老的房屋，安坐如莲。

祈祷：雪花从那寂静的天宇落下。

片片不落别处。

这是河南的十二月的冬天。万物——如苏格兰牧羊犬。

伸出舌尖，迎迓一根根白色的骨头。

空　村

我敬拜。

向着广阔的豫东平原。

神呢？在废墟上移来移去，草虫乱鸣。他该如何守住本土的香火、鲜花、梵呗与金顶。神在申家沟，闭上了眼睛。

也没有用。

神在申家沟举起了双手，也没有用。

神在申家沟泣不成声，也没有用。

村庄只剩下三五个老妪：耳聋的、眼瞎的、腿跛的，在这绝望的世界里，活着。神穿过她们，像穿过一片衰朽的密林，喧嚷如谜。

四　月

黎明之光走向它们。

寂静走向它们。

我，我们走向它们。

走向墓顶的花草清澈，向我们绽放。走向麦田，走向露珠，走向露珠里晃动的祖先的脸。这片空无其主的天空，蓝得些许忧伤。申家沟仿佛一个尖叫的伤口，向南迂回，吞没了更多的草木房舍，又吐出来。这不是我表述的要点。

静息一会儿。

向豫东的土地致敬。向祖先，一个个请安。

那些闪耀的青烟是我生命的另一段。

愿我在尘世

愿我在尘世。

获取一所房子。愿房子里有香木、蒲团。有神龛，可供养。有我偏爱的蝴蝶环绕。愿我在尘世，获取一匹白马，它的四蹄闪耀，隐在美丽的草原，我偏爱那父亲的草原，母亲的河。

寂静，从四周降临。

辽阔的蓝，降临。

我听见，明亮的花朵在耳旁绽开。想着想着……这黑色的悲痛之大水，就远离了家园。然而，此时，我坐在平原的屋顶冰凉，落发纷纷。

生不出一颗细小的泪水。

归　宿

在这个世界上。

秋天深了。

我不再执刀、云游，唱大风起兮云飞扬，返璞归于河南。我提着红灯笼，细细打量家乡的房屋，每一平方米的寂静。与草木，安于这古老的平原，天苍苍，饶益众生；它的高远和宁静，我只能动用修辞的手法。我要做个良人，画荻教子。

收拾自己渺小的山河。

越鸟，你就巢南枝。

胡马，你就依北风。

灵魂受到推搡，去老死他乡吧！

马东旭，1985年出生，河南商丘人。作品散见《诗刊》《诗潮》《星星》《绿风》《诗林》《诗选刊》《诗歌月刊》《散文诗》《青年作家》《青年文学》《山东文学》《草原》等百余种刊物，入选《中国当代散文诗百家精品赏读》《中国年度散文诗》《中国散文诗年选》《中国年度优秀散文诗》《大诗歌》《新世纪中国诗典》等多种选本。获得中国散文诗人金奖、第八届中国散文诗天马奖、第三届中国大河主编诗歌奖等多种奖项。著有散文诗集《申家沟》。

诗有别才

POETRY FASHION
Other talents

庄苓

1991 年生于甘肃天水，自幼受南坡先生启蒙绘画诗歌，2015 年毕业于兰州财经大学艺术学院，师从艺术家马刚先生。《西风带》诗画刊执行主编，甘肃金石篆刻研究院研究员。第五届黄河文学奖青年奖获得者。有诗书画评论作品见于《美术报》《飞天》《诗潮》《诗选刊》《延河》《中国诗歌》《西北军事文学》《山东文学》《散文诗》等报刊 300 余篇（幅）。事迹多次被甘肃电视台、中央书画频道等媒体采访报道。参加首届《中国诗歌》新发现夏令营。出版诗集《艺林小草》《渭南记事》《兰州笔记》《陇坂采薇》。

五年的大学定格在了2015年的夏天，拿着象征身份的毕业证，行走在段家滩，心中说不出来的一阵悲喜，面对茫茫前路，一向自信的我竟然迷茫了。我是学美术专业的，初中时候看到书上面说大画家都是诗书画印俱全的，那时候就开始试着写古体诗了，之前写作文都抄作文书。后来上了高中，常常晚上翻校门去网吧通宵，在一个叫创新作文网的地方写一些略带忧伤的文字，发表一些同龄人看不懂的古体诗。后来天水师范学院毕业的诗人王定泰老师分配到我们学校任教。在他的影响下开始写现代诗，看海子、顾城、北岛等人的诗歌。那以后便一发不可收拾，办诗社，出杂志，请人搞讲座，这些都是高中时候的事了。我也搞不清楚诗歌对我意味着什么，总觉得活着就要写要画，就要读诗，就像吃饭一样，一个养着我的精神，一个养着我的肉体。

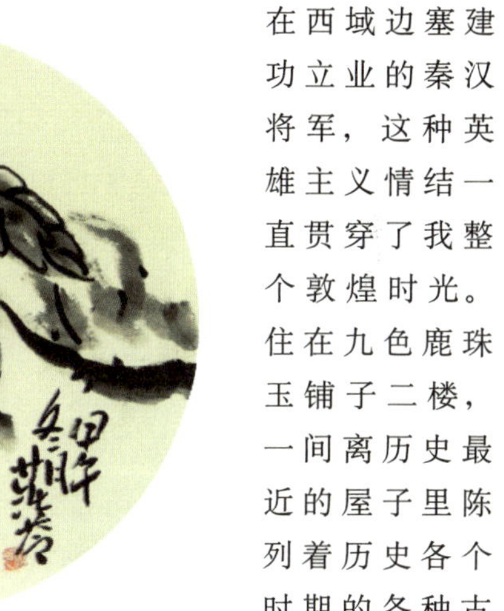

毕业后，青年学者雷雨石建议我去敦煌，这恰恰与我的初衷不谋而合。敦煌作为中国文化真正意义上的国际都市，它带给我的不仅仅是诗歌与绘画的营养元素，更多地是对我精神的一种号召。很快，我便借了成志达的手拉皮箱，拿着13把空白扇子向敦煌进发。坐上火车的那一瞬间，有种出征的感觉，看着落日中的金城郡，我倒像是一位要在西域边塞建功立业的秦汉将军，这种英雄主义情结一直贯穿了我整个敦煌时光。住在九色鹿珠玉铺子二楼，一间离历史最近的屋子里陈列着历史各个时期的各种古董，它们常常让我在西域的夜晚穿梭于莽莽历史的盛大辉煌，从而拉

不安的注解

庄　苓

近最真实的情感依托。当然一套来自晚清民国和王圆箓同一时代的八仙桌成了我的画案，因此在敦煌最繁华的街道，我便拥有了最为豪华的精神依托，在诗歌创作上也渐渐地接近了自己。

对于诗歌，我并没有怎样清晰的诗歌观念，我觉得每一阶段的写作都是不一样的，唯一能够统一的便是跟着自己的心走，然而我的心是懦弱的，所以常常面对一些事情的时候，又不得不去用诗歌去倾诉。有时候躺在戈壁滩上，我想我尽可能地不要再碰触现实，我只能回到古代去，去描摹一个影子的词语，这些词语来自真实的史书，而我就是一个记述者。正好，敦煌给了我无限的空间，从河西四郡到西域三十六国，这一切充斥着我内心的都是河西走廊的雄伟和作为一名甘肃本土诗人的自信。我常常给朋友说李亚伟写的《河西走廊抒情》，一个外省人来到我们的土地能写出绝唱，写出深度，而我们却只能干巴巴地做一些浅薄的涂鸦。在敦煌半年，得诗三十余首，受到大多数甘肃诗人评论家的嘲笑，他们扬言要写自己，要写自己熟悉的童年，童年的土豆与贫穷。因为在他们看来，我写的渭南镇是很好的甘肃诗歌，我有时候难以和他

们评辩，因为他们不知道当年在农村放驴时，一直是把自己当作将军对待，尿素袋子就是披风，玉米秆就是长矛，自家的毛驴就是汗血宝马。整个英雄主义情结贯穿着童年，敦煌作为一个节点，将它们释放了出来。去敦煌的路上，我带着一本《边塞诗》，被其中的气象格局所感染，边塞诗是大西北的歌，其中的浩瀚图景，狂豪声歌，爱国忧思，绮丽画面让我时刻壮志在胸。尤其是边塞诗人开放的心态，开阔的胸襟，远大的目光，对异域文化的追求，汲取一切新鲜事物的胆量魅力，都让我充满豪情。

在敦煌，我租了一家农民的上房，给它起名节度使府，请我的老师李文岗先生题写“坐拥西域”四个字，雷雨石又赠我一批民国家具，坐在大炕上写诗，饱含热血。除了写诗，这间房子也成为我各个地方搜集而来的汉简、敦煌遗书、残砖、奇石的聚集地，朋友戏称“刘王府”。

在敦煌夜市除了摆摊维持生活，就是在刘王府画画，最初选在这里居住，也是因为这里有一个大炕，和空旷的地面，可以同时画好几张四尺的画。在敦煌，画家居多，目之所及都是全国各地的画家，他们把敦煌当作内心的净土，游历在壁画之中，甚至有的人为此还付出了一生的时光。我起初在敦煌，在朋友的建议下开始画飞天，可是多次下来，我发现内心并没有飞天，进入不了佛教绘画。有一次，敦煌画廊的张平老师来我摊位前聊天，他说为什么你一定要画飞天佛像呢？画是从你内心走出来的，你没有必要迎合其他人的眼光。于是，我便在一个游客几乎挤爆大街的夜晚，独自回到房里，画下了入居敦煌以来的第一幅作品，而它，

依然是一副江南山水。

其实，我绘画的风格是去了一趟江南之后才成这样的。那是我第一次去南方，从景德镇到杭州再到绍兴，再后来便到了千岛湖。发现那里的景致很容易产生诗意，最适合用诗歌和绘画表达。和朋友漫步西子湖畔的时候，我就觉得我是国立杭州艺专的学生，而就是这么一瞬间的想象便促使了我对民国的向往。回到兰州后，每每下雨，就关上门，拿出自己收藏的民国手札，不停翻弄，恍惚间觉得自己身边就坐着李叔同、丰子恺他们，而我就是那位不远万里从秦陇来的学子。然而，我并没有在南方生活的经历，所有的景致便是内心的，内心营造的一个山水世界。很多人一开始不理解我不去画西北，不去画沙漠骆驼，为何会画些云里雾里的东西，后来，连我自己都不知道了。有一次，在一个画展上，一位老乡对着我的画说这就是记忆中童年的故乡，我猛地惊醒，脑海中闪过故乡雨后的情景，那是一个被称作“陇上江南”的地方，青山碧水，童年的贫穷

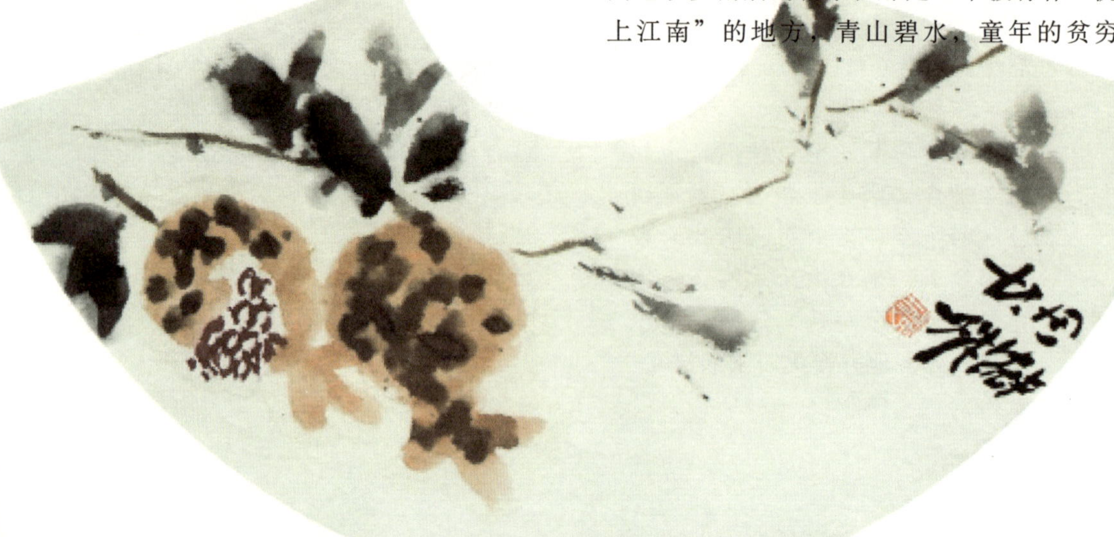

竟然让我忘记了故乡的美，故乡的另一面。此后的创作中，我便有了以故乡为蓝本的一系列作品。

我画画比较早，在初中便受乡贤南坡先生启蒙，而真正认识绘画是在大学期间我的老师马刚先生对我的教诲，一种精神上的启示，有人说“灿烂之极归于平淡”，我暂且把平淡归于宁静，一种直接呈现在骨子里的东西。古人的绘画那种萧疏空灵，简淡超逸的品质，曾是多少人向往的境界，而我呢，只能朝着自己的内心，在绘画的过程中享受着片刻的安宁。

对于我的诗歌和绘画，青年评论家苏明在长达一万五千字的长文《青年庄苓论》里写道：“为什么庄苓在绘画中不哀号，而在诗中却哀号？这里面存在着庄苓对自我身份的焦虑辨认。庄苓的画从一开始着笔无论在姿势还是表情上都显示出一种高贵的单纯和静谧的庄严。正如大海深处经常是静止的，不管海面上波涛多么汹涌，庄苓的着墨总能显现出一切激情之下的严肃而沉静的心灵。这是和他的诗歌作品俨然不同的另一种表达方式，这样的分野恰好使得

庄苓能在精神内部得以平衡。那么他在诗歌中展示的愁苦的哀号就能在绘画中得以和解。这是庄苓将创作分为诗歌写作和绘画创作的秘密诡计，也是他精神实体在艺术世界中的两种截然不同的还原方式。”我认为这是当下对我绘画和诗歌较为准确的一个评定。

如今，重回兰州，看着五年大学时光所有的回忆，越来越清晰于汉字堆积的命运。我是经历过两次高考的人，高考的重挫，给我心灵留下的伤痕太多了！在渭南镇的山里，一个信息闭塞的村庄。乡邮递员半个月送一次邮件，也成了唯一通往外地的信息，崎岖的山路伴随了我二十年，在村子里我度过了快乐而困苦的童年。当年同一个村子里出来到镇子上读书的同学大多都已为人父母，有的还在城市里为了生计打拼着。更多的，则是选择了在上一辈留下的几亩田地里种些小麦呀，土豆呀之类的，到年关时，用毛驴驮运到川里，粜掉，紧紧巴巴办个年货，然后老老实实地过个年，日子就这样日复一日，年复一年地重复着。而我却是相对幸运的，上了初中、高中和大学。现在每每翻看着微信上的同学群，我竟然不知道自己该说些什么，面对着失去话语的过去，一阵巨大的悲伤顷刻便淹没了我整个少年记忆。

前不久，刚刚加了微信的初中同学黄文平问我结婚了没，我说我大学才毕业，不敢结。他紧接着问我为什么，我就不知道该说什么了。有人说大学毕业，就是失业，而现在我已经从敦煌回来一个月了，做着考研的心理准备，我不禁在深夜问自己，难道一定要做一个职业学生吗？那一刻，所有的不安就开始集结在黑夜里变成矛盾了。

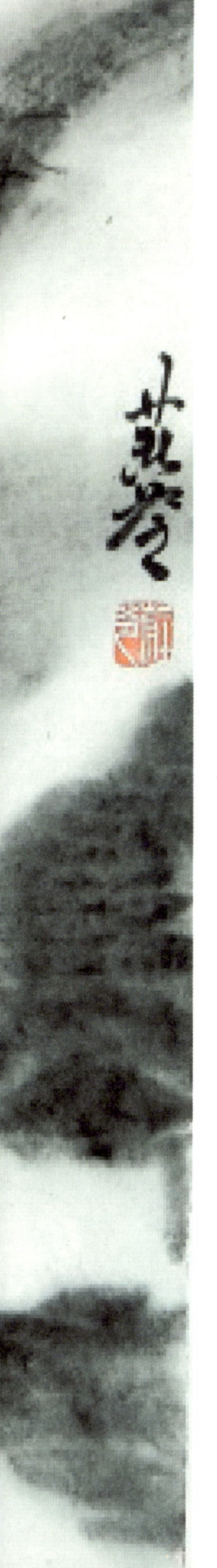

敦煌梦画录（组诗）

庄苓

夜出金城关

麦子在兰州以西的大湾子里妖娆
我们深夜带刀，赴一场王的盛事
无边落木，城南旧事
都在西域饮下你满肚的豪情

我们常常在书本里厮杀决战
在地图上勾画与你同族的失地
河西八千里粮仓之上的生与死
被历史套上正大气象在贫穷里

噫吁嘻！长歌当啸！微醉的
不过是将军的幕僚祖国的诗人而已！
陇头月下一声长叹，出关去！

如墨肆意，落日下驰骋的骏马
刀刃上抒写祖国的生与死
风隐忍，细雨长
青春作伴好还乡

夜过张掖

风割马肚，他们在壁画里失去颜色
把石头镶在各自的剑柄上改写历史
金张掖巨大的外衣下藏着一轮明月
多少生死刻在沙子里被写成唐诗

边关明月，醉卧沙场的羌笛失语
纵声于万千佛陀的悲悯世界
我们常常试图解开盛大王朝的暗涌
在马背上建功立业，抢一个楼兰老婆
至少也要做一任节度使，领万千兵马
把自己藏在经卷里，壁画中，长河旁

来！岑参老弟！再喝一杯黄河啤酒
看啊！凌晨飞速安装的二十一世纪
正是黎明前破晓的曙光
我们的河西走廊，我们丝绸之路
我们马背上记载的前世今生
在这新闻联播里越来越清晰

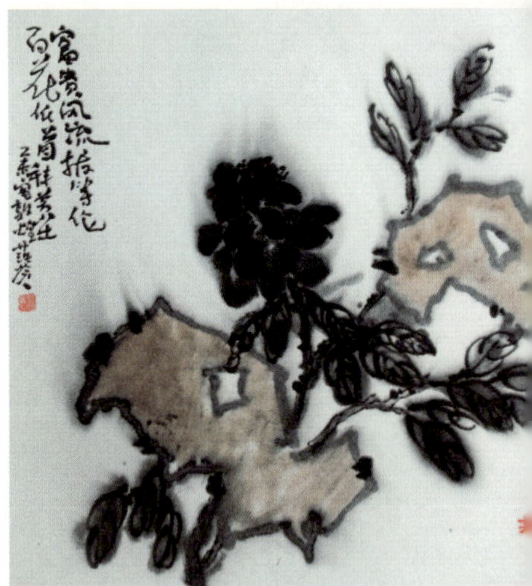

疏勒河

紧贴大地的颜色是冷的
冷抒情
被水烤的微微难过
铃铛响呀响
是姑娘的悍马

酒是苦的
汗水也是苦的
英雄的泪也是苦的
疏勒河上游
你脚步凌乱
独坐无语

敦煌雨中作飞天歌

沙子的温度在荒原里被命运收买
你有你自己的身世，比如飞天
旷野里壁画毫无意义

但此刻！党河是不朽的
老天爷是不朽的
不朽的众神眷顾敦煌的沙子
在水里滴嗒起来的是星火的温度
是爱美之神的影子
是西域最大的命题与繁衍的旗帜

我不是勇士，更不敢在敦煌的雨中栖息
安详的箭头它即将撕破昏暝的大鹏
不朽的飞天深夜出城
我也即将散花启程

悲　镜

长雀起，悲生发
你紧握长矛，沙丘里倒转乾坤

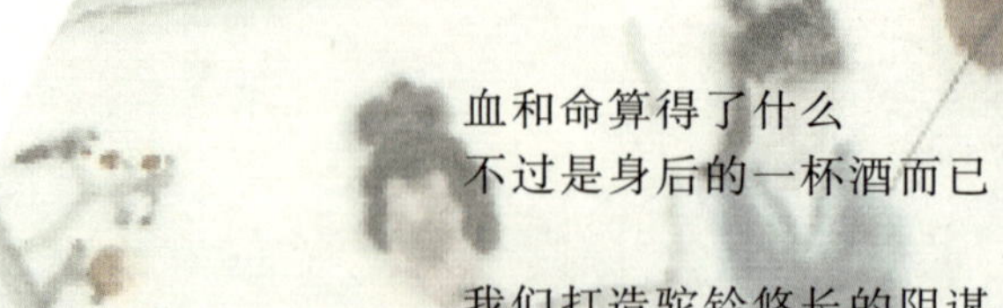

血和命算得了什么
不过是身后的一杯酒而已

我们打造驼铃悠长的阴谋
丝路上背负着情债的陇山人
在风的豁口上痛饮几千里秋素

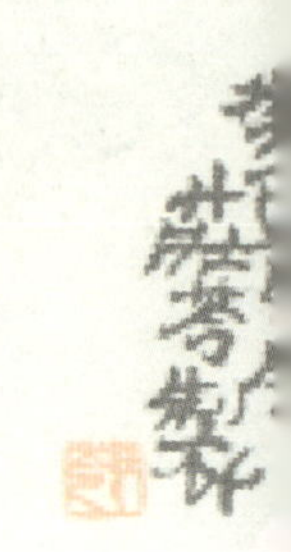

月夜过瓜洲，踏马建功路
长城是否在等一个叫庄苓的秦州人
坐拥西域，做天下最大的单于
功不过如此，过不过如此

起风了

起风了，起风了！
收摊的李学峰说出来这句刻在时光里的诗
大漠里粗粝的敦煌瞬间温柔了起来
翻开一页白纸，遥远变得清晰

我们常常在深夜行走寻找自己
段家滩 60 号与商业街 72 号的距离
不过是几个简单的数字，简单的符号
便是一场痛快的行走，与语言无关

起风了！起风了！
敦煌起风了！黑夜晴朗的诗体之上
沙如雪！月戴钩！

明月出敦煌

单于哪里去了，这黑着黑的边关
繁华仅仅在你的眼里被时间涂淡
悬坐地球这壁，你说生老病死
说贵族家遗弃的丫鬟小翠，长工李四

世纪之上最大的爱情在漩涡里被沙子掩埋
说死不过是一场美丽的契约

我没有见过小翠和李四
敦煌盛大的王朝在壁画里被贵族领导
我们常常怀着悲伤在风里痛惜自己的命
这苦着泛黄的影像把边地撕裂缝补

你要报国，你要朝着西域行走
前不见古人！念天地之间
我们圣灵充满，把诗题在世间最大的宫殿
独怆然而涕下！

敦煌出摊记

空悲切！黑发染边关
红着红的夕阳钟情于红尘三三两两
我们空着肚子开始活在自己的命里
祖国和美人又算得了什么

我们在丝绸之路开始假设新的仇恨
有人从东南西北而来聚集绿洲
谈谈历史，谈谈文化，馒头包子
这天下最大的事就是张三小翠的婚礼
我们隐忍着成为王的机会，观观大漠
一不留神成为世纪的开掘者

出摊！即将在黄昏把物质隔膜
步往深处的石头上有风
数据显示过路者主导话语权的时候
我怎么能长卧东山呢？

POETRY FASHION

Talk about the poem with wine

把酒话诗

冯娜

云南人，白族。
毕业并任职于中山大学。
著有《云上的夜晚》《寻鹤》等诗文集多部。
参加诗刊社第29届“青春诗会”。
曾获“华文青年诗人奖”、“奔腾诗歌奖”等多种文学奖。
首都师范大学第十二届驻校诗人。

徐钺

1983年生人
北京大学中文系博士
获“未名诗歌奖”
出版著作《牧夜手记》
作品见于全国各级文学刊物

潜在的交谈者

徐钺VS冯娜

徐钺：对于读者来说，诗人的身份有时会成为理解其诗歌的一个入口，也有的时候则纯粹是出于对其自身的兴趣。我注意到有些人会特别提及你的少数民族（白族）身份及相关的环境，那么这对你的写作是否真的构成了某种特质的来源？

冯娜：说实话，我总是被动去辨认自己这个少数民族身份。我在云南生活时，少数民族并不特别，简直是太普通了，不是少数民族才特别呢（笑）。我从小接受的是汉族人的教育，也用汉语写作，很少主动意识到自己的少数民族身份。当近年不断有人提及时，我才回头去看自己的写作，是否真的具备某种“少数民族特色”。答案是，有。但这种特质并不单纯出自我的民族——白族，而是混合了藏族、纳西族、彝族等多民族的声调，因为我的童年和青少年时期在多民族杂居的地方度过，少数民族文化对我的影响是潜移默化的，所以我不需要主动去强调，自然流露就已经很明显了吧。

徐钺：你的诗歌创作中也确实会提到家乡的生活，这和其他人的故乡书写在构成上有差异么？有没有特意强调某种不同？有的时候，你写到某些物象，是和“故乡”（或者“家”）有关的，“故乡”（或者“家”）在你那里是不是有一种特殊的审美感觉？

冯娜：“诗人的天职就是还乡”。当然，“还乡”不是单纯回到故乡，但诗人确实会从“过去”、“记忆”、“精神源流”中汲取创作的素材和养分。我并不觉得“差异性”是一个问题，可能关键在于“饱和度”。我并未特意强调什么不同。人类很多生命体验和认知早在千百年前前人就抒写过了，差异性可能更多的是来源于对所处时代的感知，对自我的观照，对“共同”的体认和深入，这就涉及了“饱和度”的问题。一个诗人对这个世界的认知，所能进入的深度和广度决定了他的“不同”。但某种意义上说世界是每个人的，太阳底下无新事。

当“故乡”或者“家”成为一种美学载体之后，我不知道是不是应该将它视为一种桥梁，连接了“过去”和“当下”，在此基础上通向“未来”。故乡之所以成为“故”，就是一种过往的记忆和经验，它们被不断反刍，可能并不在于对它们的特殊感觉和体验，而是你在没有离开它们之前，根本没有意识到这些事物对你的影响和塑造，“生活在别处”。不过，集中对过往经验的梳理可能也是阶段性的。

徐钺：我知道你现在在高校的图书馆工作，这很有意思，就像在某个知识符码储备系统中一个使其更加人性化的，且具有规则解码作用的存在。你觉得这和写作有什么关系吗，或者说，做什么工作其实都和具体的创作没什么关系？

冯娜：我在图书馆工作遇到最多的问题是，“博尔赫斯说，天堂就是图书馆的模样，你天天生活在天堂里感觉很好吧？”（笑）如果说做什么工作和具体创作没有什么关系，这肯定不成立。工作、写作都是你生活的一部分，生活是彼此拉扯相互塑造的，怎么可能没有关系？只是这种关系未必是显性的。工作状态及工作环境会塑造一个人的处事方式、语言方式、判断力、品位、视野等等。一个人的生活状态是无法和创作完全割裂开来看的，诗人，诗和人，不可能完全分离。就图书馆的工作而言，挺适合写作者的，空间相对独立密闭、环境安静、资源丰富。而且现代的图书馆工作并不像很多外行想象的那样粗放和简单。

徐钺：我知道有一次诗人彭敏和你提到我的时候，你脱口说出“那个知识分子写作的嘛”（哈哈）——为什么你觉得我属于知识分子写作呢，你觉得自己有诗歌写作上的风格类属关系吗？

冯娜：首先，在当时的语境下，这是一句玩笑话。也许在某些时期，人们会将“知识分子写作”和“民间写作”对立来看，作为一种“写作阵营”的划分。但我认为知识分子写作只是一种写作立场和写作方向的确立，跟你在哪个场域没有任何关系。知识分子写作应该是独立、清醒、内省、具有反思能力和建构能力的写作，它代表着知识分子的良心、见识、品位、才华和情怀。在今天这样一个大众狂欢、鱼龙混杂的时代，重申知识分子写作的立场，拿出一批经得起考验的作品似乎很有必要，也很迫切。至于我自己的写作，我觉得还在路上，还没有建立起什么风格吧。

徐钺：你今年作为首师大驻校诗人，也会给学生做讲座，甚至偶尔还帮老师代课。有没有觉得写诗和讲诗不太一样？

冯娜：很不一样。写诗是独立的“个人事件”，讲课是一个“公共事件”。如何用学生能接受和理解的语言和方式来表达你的观念；表达到哪种程度上便于学生理解你的意图；现在的年轻学生关注哪些问题；到底要讲一些共通的经验还是更侧重于个体的体悟……都是问题。写作时候，我们往往试图抓住那些生命中精妙的瞬间或有可能贯穿始终的主题，但讲授写作却是要把这些很个人甚至很私密的体会呈现出区别于文学语言的理念和方法。

作为一个诗人，我也不能过多地像讲授理论课程那样去讲授诗歌，我会通过与学生的互动、阅读他们的作品慢慢感受他们的内心世界，希望能找到一个通道，也许是关于诗歌，也许不是，但这并不重要。可能到最后我讲述了什么也不重要，但有一个诗人曾经为他们讲述过什么，能在他们的记忆里留下只言片语，也许就足够了。

徐钺：记得你和我说过，当代诗歌的某些代际命名很奇怪，并没有什么在诗歌写作上特别具体的指向，有时候只是一种命名的需要（或者说被命名的自我需要）。这是不是说，对某些诗人——譬如和我们年龄相近的一批人——来说，并没有那么明显的诗歌写作的代际特征存在？

冯娜：当代诗坛一直不乏代际命名，被命名和自我命名。有些有具体的指向，有些没有。我认为每个写作者都是独立的，草率的群体命名必然有许多的遮蔽、遗漏和强加。有些在诗学理论上成立的代际命名是时代造就和筛选的，人们也会更多地关注他们各自之间的异同。出于自我需要的命名，在诗学上又无法建立一个新的坐标，那只能暴露写作个体的不自信、怕被遗忘、需要抱团取暖吧。

我们这一代人，所谓的“八〇后”，也曾经被命名过。其实这代人在全球化的话语体系中审美意识分野很大，写作风格差异性也非常大，可能性也非常多。我所知道的同辈写作者，很多都还在探寻更多的可能。这种命名背后的代际特征，和之前的代际区别在哪里，我似乎还没有办法指认。我甚至认为类似这种面目模糊、没有明确美学诗学倾向的“代际命名”是不成立的，很多就是一种短期效应。

徐钺：说到这个问题，我想起姜涛写过一篇叫《拉杂印象：“十年变速器”之朽坏》的文章，提到了现在的很多诗歌生态状貌之于“十年前……没有太大改变”，年轻的诗人“似乎很难找到与前代人在诗学旨趣方面的根本差别”。你觉得自己这一代人，就你自己的写作感觉来看吧，有没有必要去发现一些可能的潜在的“差别”——或者，对你来说这是个重要的问题吗？

冯娜：我一直对“独特性”、“差异性”这种概念存疑。我还是要说到之前那个“饱和度”的问题，写作者通常期待读者的“共鸣”，共鸣不是更应该来源于“共同”之中的有效提纯和提升吗？如果一首好诗是建立在“独特化”、“陌生化”这样的维度上，那么，它应该更多地来源于“高纯度”、“高浓度”所带来的独特和陌生感。你所说的“可能的潜在的‘差别’”，应该更在于你对生命经验、生活体验更深入、彻底的挖掘和开拓，而不在于为了差别而“差别”。其实我们也看到很多为了表现“差别”而“差别”的实验是失败的。

徐钺：那么你有没有一个比较明显的影响谱系？不一定是“前代人在诗学旨趣方面”的影响，也可以更广泛一些。

冯娜：这个话题立刻让我想到了在图书馆工作对写作的影响——在丰富的资源包围中一个人的阅读会在某一时期变得庞杂甚至芜杂。我觉得我的阅读谱系还是偏向经典化的阅读；我也很关注当代传媒语境对写作者的影响（我本科专业是公共传播学）以及古典艺术、现当代艺术的发展。谱系是一个综合的概念，我想我所关注的这些事物正在形成影响我的谱系。

徐钺：你写了很多篇以《信札》为题的诗歌，我觉得这些诗在具体内容上有别，在语言和情绪上则是近似的。你是希望将它们看作一组组诗，还是说，将它们作为同一类型的各自独立的诗作。

冯娜：《信札》系列是我在 2015 年 9 月进入首都师范大学做驻校诗人之后的作品。不得不说，北京、广州的双城生活给了我很多的新鲜的感触和体验。我的理想当然是它们中的每一首诗能各自独立，又合在一起成为一部完整的作品，这部诗还不是成品，还在创作当中。

徐钺：这些《信札》之中有的有具体的人事出现，以后有人做关于你的论文，肯定来做考证。你设计了“信札”的读者身份吗？我是说一个象征性的收信人，可以理解为你是把这些信都寄给他——或者他们？

冯娜：经常也有读者在微信上问过这个问题，说写了这么多《信札》，是写给某个人或某些人的信吗？我记得当时回答说，没有确定的收信人，如果有，那就是我虚构的理想读者，也就是你说的“象征性的收信人”。《信札》的写作缘起，确实是“有所寄”，写作过程中这更像是两个“我”的对话：一个南方的“我”和一个北方的“我”；一个现实的“我“和一个虚构的“我”；一个念念分明的“我”和一个混沌不开的“我”。所有的“我”在这些信札里也不过是一个指代。

以后的人要是觉得这些小诗还值得考证，那就考证去吧，哈哈，十有八九都是错的。

徐钺：那么，你觉得写诗和写信有某种对应的隐喻关系吗？曼德尔施塔姆曾经做过相关的论述，你又写了这么多《信札》，我觉得很有意思。

冯娜：为了你这个问题，我去读曼德尔施塔姆的《论交谈者》。他在这篇文章中说：“这些诗句若要抵达接收者，就像一个星球在将自己的光投向另一个星球那样，需要一个天文时间。 因此，如果说，某些具体的诗（如题诗或献词）可以是针对具体的人的，那么，作为一个整体的诗歌则永远是朝向一个或远或近总在未来的、未知的接收者，写信的诗人不可以怀疑这样的接收者的存在。只有真实性才能促生另一个真实性。”我决心引用这么一大段原文，代表我对曼氏的观点深表认同。我们若有相信，就写诗；若感到怀疑，就写信。

徐钺：你的诗中经常涉及自然和风景，有山有水有树还有其中的人，譬如关于树你就写过《杏树》《父亲说它叫夜蒿树》《香椿树》《树在什么时候需要眼睛》等，关于水的就更多……是不是特别喜欢这些物象画面？

冯娜：感谢你读得这么细致，确实写了很多树木和山川河流。我的出生之地就是万物有灵的云贵高原，这些物事就是我们生活、生命中的一部分。我天性里是热爱自然风物的，也对动植物研究、物候学、博物学等有着浓厚的兴趣。当然，写出这些诗也有托物寄情的古老文学传统在起作用。自然界包含着诸多的教诲、智慧、奥妙和启示，需要悉心谛听。更重要的是，自然界以它的方式蕴含着文学的一个永恒命题：时间。

徐钺：那你不太喜欢北上广这样的城市吧，特别像北京，整天是雾霾……你在《口音》里写道“我的哽咽，一定带着云南口音”，是不是意味着不论在这些大都市生活多久，你还是觉得自己的声音（现实中的声音和诗歌中的声音）属于云南故乡？

冯娜：我在北京的时候有一次去天坛，漫天雾霾。在这个古代帝王祈天的地方，人们戴着口罩走马观花，也懒得理解古人怎么测算天象，想象天时，祈愿风调雨顺。我心里感到很悲哀，今天这种雾霾重重的景象，怕是古人们没有想象过的，人们长期在这样的天空下生活，很难说出热爱这方土地吧。

我在广州十余年，基本适应了南方都市的生活。我小时候搬过几次家，青少年时期又有寄宿经历，我对地域的适应能力倒是没有什么太大的障碍，也不觉得非要去辨认自己的“异乡人”身份。诗歌中的声音当然又是另一回事，诗歌的奇妙之处也许也在于它让你生活得更纯粹也更丰富、有很多“变身”很多音色。无论在哪儿、生活多久，我觉得诗人的内心很难真正属于一块固定的地域，他们只会停留在一片情感的土地。

徐钺：有时候我觉得你在诗中的“我”有点孤独，同时又很温润，但你说“我从来不敢单纯地为了感情哭泣”……你在诗中怎么处理具体现实经验和感情表达的关系？

冯娜：孤独难道不是每个艺术家、每个诗人应该承受的？孤独也应该是每个人的生涯中必然要忍受的吧。

前段时间我读年轻翻译家包慧怡翻译的普拉斯诗集《爱丽尔》，她的译后记用了《全部的艺术就在于不要坠落》这个题目，这句话让我心头一震。也许一个写作者怎么处理具体现实经验和感情表达，全部的技艺也在于不要坠落。

谢谢徐钺！

信 札（组诗）

冯娜

信 札

人们总向我提起我的出生地
一个高寒的、山茶花和松林一样多的藏区
它教给我的藏语，我已经忘记
它教给我的高音，至今我还没有唱出
那音色，像坚实的松果一直埋在某处
夏天有麂子
冬天有火塘
当地人狩猎，采蜜，种植耐寒的苦荞
火葬，是我最熟悉的丧礼
我们不过问死神家里的事
也不过问星子落进深坳的事

他们教会我一些技艺，
是为了让我终生不去使用它们
我离开他们
是为了不让他们先离开我
他们还说，人应像火焰一样去爱
是为了灰烬不必复燃

信 札

贫困多雨的南方山地
盛产迷人又残酷的女子
她们用野蓟代替问候

用红色浆果的歌声爬上高树
她们像史诗中消失的一个篇章
饮下泉水，像饮下巨大黑夜里包含的挫折
可是，她们的头发还在生长
差点可以绾在异族人的头翎上
——一个新疆少年向我如是抱怨
他寄给我一枚新鲜的松果
以便我满手松香，忘记在南方山地
那些女子手中的活计是多么迷人
又多么残酷

信　札

你一定不知道
杨树落叶和一些事物的消逝很相似
从什刹海先落隔壁的古巷不会觉察
从古巷落的数个月前的预感
就已让它心形的叶子，憔悴
等着变黄

所有的杨树都会落光叶子
你一定不知道
哪一片曾被我捡起带走
这又有什么关系
冬天会把每一截枝桠、每一片残叶都冷透
而大地从未感到过失去

信　札

一些人走得慢，醒得早
一些人走得快，老得也快
公园里几乎没有人在感受风的速度
只有银杏叶被反复翻动
这些都是不结果的雄树

高大挺拔
风不会吹出它树干里的苦楚
我要是再年轻一点儿
也许会站在那儿，等着它遍体金黄

信　札

唐果曾与我说，
把情书写给特定的某个人就太沉重了
是啊，红色花真好
仰头看见树梢的鸟雀真好
明月真好，一个短促的笑真好
可是，所有轻盈加起来都比不上一封情书的好
——如果，可以不写给某一个人

信　札

如果我在电话中忍不住哭出声来
人们会问我，出事儿了吗
生病了吗
家里发生什么事了吗
工作上不顺心吗
亲戚朋友怎么了吗
以至于，我从来不敢单纯地只为感情而哭泣
我害怕他们会说，
嗨，就这事儿呀

但是，就是这件事

信　札

“你的灵魂还如此孱弱……”
耽溺，

撒旦的疆域我毫无办法进入
谈何自由，于天堂和撒旦的国度游历自如

试着在幽暗的林间走了一走
人们的呼唤，有如刀刃之蜜

我以为我梦见过神迹
在鹿群全部涉水而过之后
我一直在试，企图梦见更多的动物
它们的皮毛闪闪发光
它们死后不会腐朽堕入尘土

像一个人被偶然爱过
仿佛它们不需要灵魂，不需要做梦
不着迷，也不呼喊
不身陷天堂也不必结识撒旦

信　札

寄来的枸杞已收到
采摘时土壤的腥气也是
信笺上的姓氏已默念
高海拔的风声也是

我能想象的事物，如今已化作杯中水
我不能遗忘的沙地，据说正开满红花
有一天，就是那一天
一群女子在空地上舞蹈
她们跳出我熟悉的音乐
从左肩落向右肩
一个节拍也没有漏掉

如此完美
再也不用校音，我的倾听也是
不需要应答，你也是

信　札

没有霾的早上，阳光清亮
所有向阳的房子心跳似乎都是一样
很快，就会听见鸦雀的叫唤
很快，胸膛里的另一种节律就要醒来
很快，就要读到奥登的诗句
“让我成为爱得更多的一个”

他肯定梦见并领受过这样的早上
他肯定爱着
穿过黑暗的河流听见并不熟悉的钟声
遥远悠长
那声音，和所有爱过的人心跳都一样

信　札

我与它之间的障碍　不是破败的石身
也不是，被斩断的头颅中有你的生肖
我与它之间的隔膜是过于明亮的阳光
我知道，
我要找的 已经不住在这里
风吹着我心里的菩萨也吹着我心里的水法
纵使秋光明媚　我还是感到了它幽邃的拒绝
它的排斥也是古老的，人群置若罔闻
它的信仰是尘埃的，风水降低了它的难度
菩萨在我感到迷惘时伸出千手
我知道，我也可以随波逐流
一个看不见的吹奏者，会让我忘却烦忧：
有时在天上，被叫做蓝
有时在这园子里，被叫做遗迹
有时是明月残照是波光潋滟
是告别是修辞是没有答案的谜面
有时被叫做时间
有时是萨福……

信　札

北方的山，不到冬天就冷得硌人
石头用来砌长城
所有可能受孕的树
也都要舍下藤蔓，硬起心肠

把一朵野花簪在烽火台上
如果她曾有过爱情
那个名叫褒姒的女人
我在静得发抖的断垣上走
脚下睡着那些古老得，我们愿意轻信的事物

——这是我对长城唯一的印象
我一直在它硌人的心口上走来走去
一会儿搂着火一会儿抱着冰
反复舍弃，其余的印象

信　札

如果睡眠是一种祈祷，那我一定不够虔诚
如果白昼是一门手艺，那人们都还是学徒
我印象中，人是可以被黑夜驯养的
未被讲述的响动，才会拥有更加具体的形象：
噩梦、火警、错拨的电话
从远洋造访的台风
隔壁邻居家的争吵……

每次惊醒，我都会感到黑夜越来越挤
人们总在忙着命名和修补时间的漏洞
我隔着黑暗，感到懊恼
这也使我经常想到极光
——在那些拥有漫长极昼与极夜的地方
人们也许会有一种更好的方法
或者更痛苦的明了

尽管，醒着的时候总是短暂

信　札

玉渊潭在夜里有南方的湿气
不敢离水太近
在北方，我早已领教过活水成冰的寒凉
枯荷发出稀疏的声响
风从我熟知的地方来
我要说的话，已经不再需要应答
可是，我不能缄口太久
两个北方的年轻人在我身边走着
他们持重、黯淡
黑夜，让他们隐藏住我有过的年岁和妄念
甚至让落在水面的身形有了一点儿安详
那影子
一个名叫吴猛，一个唤作西哑

尖　叫

这个夏天，我又认识了一些植物
有些名字清凉胜雪
有些揉在手指上，血一样腥
需要费力砸开果壳的
其实心比我还软

植物在雨中也是安静的
我们，早已经失去了无言的自信
而这世上，几乎所有叶子都含着苦味
我又如何分辨哪一种更轻微

在路上，我又遇到了更多的植物
烈日下开花
这使我犹豫着

要不要替它们尖叫

信　札

猎人放走了一只麃子
它和鹿一样警觉，羔羊一样脆弱
再过几天，河流就要被霜罩住
猎人的烟被冷熄了
他神情发亮 无所惋惜
正琢磨着 把不远处的香料变成一门生意
而不是把最后一朵红花　献给猎物
一个对冬天毫不知情的女人

恐　惧

把手放进袋子里，我的恐惧是毛茸茸的
把手放在冰水中，我的恐惧是鱼骨上的倒刺
把手放在夜里，我的恐惧就是整个黑夜
我摸不到的，我摸到而感觉不到的
我感觉到，而摸不到的

文学社团

POETRY FASHION

Literary community

北京师范大学五四文学社

北京师范大学五四文学社的历史最早可以上溯到二十世纪八十年代诗歌创作的黄金时期，那时的五四文学社汇聚了一批写诗的青年，形成了后来被称为“北师大 85 一代”的“85 诗群”，包括伊沙、徐江、桑克、侯马、宋晓贤等。到了九十年代，沈浩波担任社长，再一次掀起了文学创作的热潮，这时的诗人包括沈浩波、朵渔、李师江等。几十年的起起落落，传沿至今的一句社训是“同是师大一脉，俱为性情中人”。今天的北师大五四文学社，依然在喧嚣的时代里坚守着一份纯粹的文学追求，社团的活动有每周一次交流讨论社员作品的“笔会”，请文学院教授参加讨论的读书会、观影会，以及主办每年一届的“首都高校原创诗歌大赛”。社团刊物有《桩》《大后天》。

新时代梦境（组诗）

黄建东

河水温柔而不知所云

暂停。血红的墙壁上写着暂停
麦芒将我送至时间中途。眼光被压缩，
看不见你我与年月的交织。
那瞬间——河水温柔而不知所云
用两种声线彼此矛盾地说着同一个故事。
你看着早已苍老的秋天，眼神的笑意
轻松吐露一道裂缝的来由
将我的尴尬深谙于心。含混的指针多走两圈
我亦仅仅将念想多收两成。
夜风的触感让季节的眼睑轻轻合上，
继续流淌的
除了满载雪片的河，亦有路人一双。

新时代梦境

几片柚子肉在我面前讲述一种哲学的情话
我空出一只手，失去所有形容词
只靠嘴唇的触觉感知蜡烛燃烧的方式
用喉咙的上下蠕动感知你哈气的温度
没有记忆。时间往前翻覆，一路拾级
一路被吹长成丝。

他双目呆滞
（早已微微闭合）

他心跳加速
（呼吸却平缓）
他轻舔嘴唇
（在做一个锋利的春梦）
他建筑一场风暴，归纳一次真实
他将白天的影子一饮而尽

好了，终止这场梦，
甜中带涩，渗出太多汁液，
足够养活数尾鱼。

夜晚的空气开裂，柚子的香气分子告诉我，
一些有关午夜的谎话，诞生于
便利店、电话亭、双人床
他们半醉半醒时仍擅长虚构和掩饰
他们的谎言这样说——
于是一些星辰合上眼，在黑暗中摸索自己的梦
再也睁不开。

可我还是选择继续赶路，将语言的困境最大化
选择感知，选择吐露情话，
将你的影子刻进我不断飞升的脑海，
在你的声音尚未扑面时醒来，
去谈论一场意外受潮的音乐会。

你停留在这条河，我坐在庭院
一场雾霾降落下来，将我团团围住，
顺势捧起，托举成一个朦胧诗人。
你会懂我的修辞。

仰头时只看得见微光

季节是个不靠谱的东西。我们终于早早学会
绕其旋转，毫无防备地看它头脑发热
栽进井里。甜腥的青苔令它想起

曾犯过的小小失误
它轻吐雾气，在预想弥补的同时失去重心
仰头时只看得见微光。
要知道枯叶腐烂之快只够踮一踮脚，
这一瞬间足够它抱紧自己，下肢如瓷器
失去知觉。忘记众人。
惊惶发觉诞生多年未亲吻过自己
不甘，伴着冰冷和永夜
扑面。

悖论中心主义

对的，你是对的。秋天倒数第二片落叶由黄发白
在失焦的浓雾中扯下前一百片雪
你轻易证明我不在场，凭着
一次眼神向后转的举止。
我们脑后升起一团藏青色的火焰
被俗气地刻进季节里，灰烬升飞在
你我身体之间的间隙。
——或许我该详细说出你的姓名？
模仿雪和落叶分别撑起两个季节的野心
背对直觉，借存在之膜发声，
毁掉灰烬纷飞的裂缝。
毁掉裂缝之后剩下的灰白
与雪落之前的秋叶不约而同。错的，我竟是错的。

黄建东，北京师范大学文学院2013级学生。

挂钟醒着，覆着灰尘（组诗）

■ 从安

雕　像

一阵骇叫，黄铜被打磨成光滑的
比喻。裸女成形，万千手掌抚摸
赢得煊耀。为了舞台上走失的掌声
她决心不朝斧工喊疼。
她朝着天空伸出手臂，接住
来到大地找根的雨水。
我走在广场，听见
鸽子惊散亡者的哀思

父亲愈种植绿色，灵魂就愈加枯萎

清明、谷雨、小满、芒种
六十年来，父亲隐姓埋名
用二十四道关隘，把自己修炼成
一茎野草。他从祖父手里接过犁铧
春天耕雨，冬天耕雪
夏天在太阳底锄叫疼的庄稼
而后揣起镰刀，刃掉亲手栽下的命

他的背是一张天生的烙铁，能熨干
早起的霜、傍晚的露、晌午淌的汗
他脱掉布鞋，把高粱爷和高粱孙送进土祠
儿子说：天气太旱，我不长高。
父亲听见后，就把肺反过来穿
用身体的两片叶子和温过的血灌它
他愈是种植绿色，灵魂就愈加枯萎

一个声音，没有皱纹

昨晚，我梦见你坐在坟茔上哭
他说下面又冷又潮。他反复对我说：
他虽然死了，可他不信自己是鬼。

你断了下去。像一根藤条一样断了下去
辘轳空转，井绳拉紧水底藏着的一团逆光：
“别人要背叛我时，我要抢先一步，先背叛他。”

你说你不怕黑。我说陪你下去坐会的时候
断断续续的鸡鸣就把天叫亮了
当时雨打窗棂，一只蜜蜂在泥里挣扎

天刚晴，秋风就到了你的墓地
几只蜥蜴窜来窜去，避我不及
野草布满你的屋顶，要是活着
你一定把它们连根拔除

那天，你说你要去井里找光
找绝望过的身子和冬天许诺的白雪
那里有寂静的水和寂静的黑

你掉了下去。像一根藤条一样掉了下去
那年春天，你在我身上种下世上所有的绿色
安静的绿色，没有说谎的皱纹。

大寒二十四行

后半夜，村口的树被风撼响，
它们揪起房檐的茅草，像拔下
父亲活着那年的白发。十二月，
大寒。老房子留下的木方、烟囱和泥砖
依然沉默地抱在一起。
木柜里的碗都已睡去，

挂钟醒着，覆着灰尘。
翻开壁橱，母亲陈年的衣服
和几十年前结婚时的旧棉花
黑压压垂下来，压住我的记忆
蓬松。是风，是风。是风让
堂屋里坐不稳一束烛光

大雪抹平了村庄的皱纹
白色把接踵而至的黑暗擦得刺眼
江湖上的床铺窃取我童年私藏的盐
父亲和民谣都含着泪水——
孩子依偎着河滩上的柳树睡着了
树根呼吸着大地的灵魂
它根底里流过的那道水
有我童年的经历
再也看不到了，看不到喜鹊追逐喜鹊
白云追逐白云。
几桩老树被风拉成一道弦
寒冷的人朝它举起板斧

从安，原名李啸洋。现为北京师范大学在读硕士研究生。诗歌发表于《星星》《诗刊》等刊物，入选《2014中国高校文学作品排行榜·诗歌卷》等选本。诗歌曾获首届“金光大道”全球华文校园散文诗奖、第五届“包商银行杯”全国高校征文奖、第八届首都高校诗歌原创诗歌奖等。

生锈，轻微的剥落（组诗）

袁娇

对明晃晃的阳光站着

面对明晃晃的阳光站着
这让我感到难过
任何时间回头
不幸就藏在脚边
忠诚得像一条养育多年的狗

面对明晃晃的阳光站着
有时还有人群迎面跑来
他们如此年轻
我不得不想起家里的母亲

晚上九点

刚取下的手套，还保持着
某个具体动作的轮廓
可它已经丧失了
抵御严寒的功能

它掌心顽固地向上
对着干燥的空气，和日光灯
无论从哪个角度看
都像准备要去握住什么，却突然
被意外折断，凝固住

黑乎乎的绒毛里
夹杂手部剩余的温度
我躯体的一部分
微弱地在其中喘息。

现在五根手指蜷曲着
以一种衰老的姿态
它们松散、疲惫
随时可能在眼前掉下去

母亲的月亮

母亲嫁给父亲
是在一个清脆的早晨
她背上外公编织的背篼
然后一步，一步
拾起那些悲剧的石头
比如饥饿，缄默

一辆自行车，载着母亲
脸颊迎向上午的太阳
二十三岁，一朵桃花
盛开出一片花瓣

绕过轻微的弯道
剪下一段白云
她裹成饱满的稻米
喂养父亲和孩子

母亲内心的月亮
躲进一个铁盒子
锁没有钥匙
金色的光芒熄灭了
只闻见盒子里疼痛的
生锈，和轻微的剥落

一　天

早晨九点，我还捕捉到。
雪在穿过街道和行人。
距离五米或者十米，
它们速度不同。
白色，以及轻微的声音，
填满原本空空的头顶。

整天我面对电暖炉，静坐。
身体逐渐温热。
却错失下雪现场，
和证据一并消失的过程。
地面看起来依旧普通。就像，
那里什么也没发生过。

有乌鸦短促的叫声，现在
抬头，天色忽然暗了，
一个短发女生推开玻璃门。
她携带着零下的寒气，
急匆匆走过。
而我不敢肯定的，是
她今天来回的次数。

袁娇，笔名阿玲，1994年生于重庆。现就读于北京师范大学。

寂寞如同白雪（组诗）

西贝

妈妈，我坐在一条鱼的背上离你而去

妈妈，我坐在一条鱼的背上
在一条离你很远的河里漂流

夜，是一片没有岸的海
我努力想象，你在海的尽头眺望我
你在夜色最温柔的波浪里，藏下我的名字

妈妈，对不起。我弄丢了我的名字
（我弄丢了我的日记。在放学的路上）
弄丢了让我下沉的力量。
我像梦的一个泡沫，开始害怕一切坚硬的东西
开始像你年轻时一样，轻易就在雨天流下泪水
轻易就被凋零的事物，欺骗感情

妈妈，现在我坐在一条鱼的背上旅行
像你曾期待的那样，不回头地
离你而去。而你像那年冬天的雪
（厚厚的雪，静静堆积在我们木屋的门口）
堆积在我回忆的门口。模糊，又清澈

妈妈，我知道，你是那场不会老去的雪
你是一切不会离去的事物：
晚餐，暮色，和吻
你是我胸口那片乌青色的阵痛。

妈妈，这个秋天太凉了——
请原谅我不声不响地离开
原谅一张满布尘埃的床
一台准时在七点响起的闹钟
一件你叠了又叠，却总又深深藏起的冬衣

请原谅我让你单薄的五十岁
独自飘过秋天漫长辽阔的天空

也请你原谅那条无辜的鱼，和整片海
我已经不能回去了，妈妈
我已经，不能回去了。妈妈。

——夜是一片没有岸的海
而你是一片我深爱过的，唯一的透明

银杏之树

你无法言说自己被美锁住的痛苦
人间的假面舞会，无法起舞的你
将手悬在半空

回忆是枯黄的雨水
从你的脚跟漫上来，淹没
你的身体，你曾经发亮的额头
和美梦

整个城市在你眼中投下一个
灰暗的倒影，你一片片撕碎自己
来让身体里的孤独凋零

没有谁能穿过你金黄的盾
进入你，尽管秋天是个心狠手辣的铁匠
曾将自己的双手
打制得锋利无比

所以我们一同对视就像站在一面镜子的两边
而你就是我锁在虚幻里的自己

寂寞一直落到了我们的远方

总有一片雪，落在语言静止的地方
落在人和人之间的空白里：寂静
是它的歌声

世间如胎儿，冬眠在一场白雪的美梦里
（请不要轻易踏上那片迷失的雪原）
风在雪原的尽头呼喊另一场风

幸好我们的洞穴狭小却温暖
所有的寒风都绕过这里，日子也不会结冰

可你说，寂寞如同白雪，一直落到了我们的远方
仿佛往后的半生，都已经被大雪掩埋

西贝，原名贾国梁，北京师范大学中文系2013级学生。

白马非马（组诗）

想象一枚土豆

像一枚土豆
你侧着身睡着
身前蜿蜒　身后冷清
成为初春与深冬的分水岭

我不敢闭上眼睛
害怕醒来就到了黎明

床是一个巨大的想象
我们正走在泥土地里
看着男人　女人　和他们的狗
谦卑地亲吻田里的土豆

没有任何一种情感
能凌驾于其他感情之上

想象一枚土豆
切去有毒的芽
妥协地　一声咔嚓
是这个世界的声响

泥土干了　鲜血呢
匕首还在　愤怒呢

土豆在说话

但是大多数的土豆沉默不语
我们把茎叶举在风里
四下里一片静谧

只有深埋　才能生长

西南以南

西南以南
我翻一翻衣领
落下一百二十米的大叠浪
河水与我共饮唐古拉的青稞
雨正下在横断山

车站像纽扣
一排排解开　一排排扣上
恐怕已经错过与许多人相逢的机会
当窗外跑过去一万个村庄

月亮怎么能代表我的心呢
它那么远，还那么冷
又那么不近人情
咬一口月饼我就咬一口月亮

西南以南
我有一匹白马非马
一跃就过了澜沧

语言学课程

教学楼前吹着寒武纪的风
索绪尔也在书上冻僵
靠着《语言学》来一场朝生暮死
春秋大梦

词义具有模糊性
而模糊是一种美的形容
就像你说白
我就听见一片
清脆的梨花开

我坐在木头凳子上
语言学让时间退回
那时喝一口水
就含住了长江
那时我的口齿不清
还不是什么毛病

那时我说一声“唉”
你就知道我的慌张
像旱季整个草原
都变得枯黄

焦典，北京师范大学文学院学生，诗歌作品曾发表于《散文诗》《左诗苑》《丑石》等。

森林迎向我（组诗）

罗懿宸

晨练者

有时从一个尽头驶来一辆绿皮的火车，又消失在另一个尽头。
远处传来一声犬吠，一阵脚步声，又或者一个晨市卖菜老汉的哈欠，
所有事物环绕我，漫不经意地经过我。
而我，究竟是这座城市的哪个关节？
还是一处坏死的组织？

弦

缺氧的水滴
在宇宙的光谱中
有很多音节

矫饰的呼吸
与棕红的瞳孔
一次次熄灭

又一天天晴
你脸色红晕
像一只蜻蜓
我像一朵云

又一天天阴

你一袭白衣
纤细的唇音
催眠我的羊群

职　员

“每一个和我相仿的结构，
都在难以辨识的信号中忙碌：
有一个怠工
就有新的一个奔跑向前
有一个老化
就有新的一个上前替代。
这定是一处丰盈的组织，
以精致的高效和巨大的寂静为制度，
为每一个我设定好了使命
为每一个相同的使命
制造了一千万个备选的克隆。”

森　林

为了更愉快地迷路
我闯进了一片闲逛在秋季
和春天之间的森林

一只老虎在稀散的树丛间奔跑
为了躲避自己无处藏匿的身躯
点燃了整片森林

树梢间挂满了流弹
一位小有名气的猎人正在路上
为迎接他
我小心地扒下自己的皮毛

围着一口被荒置的古井

我向它渴望一些水分
好让这些干枯的树枝能结点儿果
好让寒冷的冬夜闪着一些儿光

时间长了有一些朦胧的幻影也会闯入
在乌鸦间穿梭而过流星，或者
一团团黑魆魆的影子
尤其是那夜
我竟能辨认出，身着
黑裙，因为刘海而忧虑的少女

因火灾出逃时
和赶来的猎人交错而过
他有一支擦得铮亮的猎枪
我想如果我也有一把
我定会是最温柔的猎人

有时我模仿过气的诗人，或是落难的卫士
游荡在月光中
无所事事，这骨瘦如柴的森林和我一起寻欢作乐
似乎没有比我们年老的事情。
不是我面朝森林
而是森林迎向我

罗懿宸，男，1994年生，福建龙岩人。曾获第七、八届北京高校诗歌大赛二、三等奖，北京师范大学“风逸”文学大赛诗歌组二等奖；诗歌数首刊于《诗刊》《中国诗歌》等报刊。

月亮像纸一样（组诗）

■叶飙

晚　餐

苦月亮悬挂窗外。

窄门内的小小厅堂
长凳子上坐满我们。

而 50 瓦白炽灯的厨房
锅，还有灶台忙停当。

之后，妈妈疲惫深入的双手
端来一条鱼。

看吧，我们看着它凸出的眼睛。

小娟的话

对回家，我早已厌倦，
我厌倦不甚平坦的盘山公路，
我厌倦苍蝇满室的昏暗的厕所，
我厌倦触手难及的“十八开超市”。
而我八十岁的老奶奶，
一生生活在方圆十里以内，也开始厌倦。
她以满嘴脱落的牙齿，
她以干瘪松弛的乳房，
她以整日整日的昏睡，来彰显欲望与生机的离去。

哎，在这片墨绿的世界，
我唯一难以厌倦的，
只是一棵秋天早晨冒出两瓣脑袋的小豆芽……
记得姐姐把种养它的小盆搬到我眼前，
我多么狂喜，
我多么想把这纯洁的家伙揽入我饱满的身体
并紧紧地一辈子抱住。

回忆一则

樟树，贵族男爵聚集的那棵。
它的叶子像藤蔓一样生长。
它的根结住石头，
那些旁逸的细长且柔软，
触拨着隔壁池塘清香荷花的莲藕。

在叶根之间，才是贵妇人们的天地。
她们将放下锄头，
又身披松针带来香喷喷的热菜。
那是多么可口的茄子，
而那个……
又是多么银光闪闪的铝制饭盒。

……似乎暗藏的召唤不仅仅是铃音。
教学楼漫长的楼梯道上，
男爵们如黄河涌下来（我是其中一滴水）。
——嘿，小子们，
——可别认错了妈妈！

叶飙，1994 年生于安庆。

在冬天（外一首）

■洪天贻

在冬天

在冬天 要穿多多多多的衣服
变成一只大象
沉沉地睡去

在黎明到来以前
打几个圆满的滚
不要压到小花
（尽管它也很冷）

多穿的衣服就让它长在身上
长在大地上
一层一层地长

小花、小草、野樱桃
通通抖掉身上的霜 变成一只只大象

跳舞然后昏倒
跳舞然后昏倒
蔷薇目 蔷薇科——黄如凝脂，红如玛瑙

在冬夜
大象们寻找樱桃
穿厚厚的衣服 跳舞然后昏倒

凌晨一点半

凌晨一点钟闻到一阵香味
应该是某种合成的香料
跟着外面的风声飘进来窗子
明天应该没有霾了
那剩下什么呢

我知道明天的这时候我还会醒着
醒着张嘴练习无声的喊叫
我知道明天的我
全身肌肉紧张
想要寻找陌生香气的来源——
这个霾离开前遣送的桃色间谍

野花这时候早烂在心脏
一瓣瓣下沉
于是顺次地想起你
想起很多人
想起明天要来的落日和加煎蛋的盒饭
想起浮肿的双眼和硬邦邦的胃
想起这张床
继续哭泣

洪天贻，北京师范大学2014级文学院汉语言文学专业本科生在读，业余写诗。

异域的风

The wind of foreign lands

POETRY FASHION

菲利普·拉金（1922–1985），出生于英格兰考文垂。1943 年毕业于牛津大学圣约翰学院。大学毕业后，曾任职于各大学图书馆，其中任赫尔大学图书馆馆长达三十年之久。著有诗集《北方船》（1945）、《少受欺骗者》（1955）、《降灵节婚礼》（1965）、《高窗》（1974）及小说、评论等，为二十世纪五十年代英国主流文学“运动派”主将。1965 年获英国女王诗歌金质奖章，被评论界誉为“英格兰现有最优秀诗人”。1974 年获美国艺术和文学学术院洛安尼斯奖。1976 年获德国莎士比亚——普瑞斯奖。1984 年，因拒绝受聘桂冠诗人，被称为“非官方的桂冠诗人”。1985 年因喉癌在赫尔去世。终生未婚。拉金被公认为继艾略特之后二十世纪最有影响力的英国诗人。

舒丹丹，女，20 世纪 70 年代生于湖南常德。现任广州高校英语副教授。写诗并译诗。诗作见于多家诗歌刊物，并入选多种诗歌选本，有诗辑《舒丹丹诗歌快递》。著有译诗集《别处的意义——欧美当代诗人十二家》，《我们所有人——雷蒙德·卡佛诗全集》。曾获 2013 年度“澄迈·诗探索奖”翻译奖、第四届后天翻译奖、第二届淬剑诗歌奖。

菲利普·拉金诗选

舒丹丹 译

年　岁

我消逝的年岁像白色的绷带
漂浮在不远不近，化成
一片有人烟的云。我俯身靠近，看到
一间亮灯的屋子携着人声疾驰而过。
噢，你这艰难的游戏，我已厌倦参与！
现在我跋涉着穿越你，像穿越及膝的野草，

它们陪伴着我，亲爱的半透明的冰山：
沉默和空间。到如今太多的东西已经飘走，
从这里，我头脑的窝巢，我必须转身，
好知道我留下了什么样的痕迹，无论是脚印，
野兽的足迹，或一只鸟熟练的展翅。

别处的意义

在爱尔兰是孤独的，因为它不是家，
保持疏远颇为明智。风趣而冷漠的言语，
如此与众不同，使我受到欢迎：
一旦意识到这一点，我们开始了联系。

他们的街道穿堂风盛行，尽头连着小山，隐约
而陈腐的码头的气息，如一座马厩，
鲱鱼小贩的叫卖声，渐渐微弱，
证明了我的隔离，并非不切实际。

生活在英格兰不会有这样的借口：
这些是我的风俗和规矩
拒绝它们可严重得多。
除了这里，再没有别处支撑我的存在。

“等候早餐时，她梳着头发”

等候早餐时，她梳着头发，
我俯看酒店空旷的庭院，
这里原用来停放马车。卵石湿漉漉的，
但没有朝重负的天空反射光亮，
天空低沉，随着薄雾垂向屋顶。
排水管和防火梯向上攀爬，
经过依然亮灯的房间：
我原想：平淡的早晨，平淡的夜晚。

判断错误：因为卵石沉睡，而薄雾
正无拘无束地飘荡，经过它触摸的一切，
悬浮着，像一缕停滞的呼吸；灯光亮着，
未被打扰的兴奋的针尖；玻璃窗外，
日光那没有颜色的小瓶毫无痛苦地倾洒，
我的世界一年后回来了，我失落的，失落的世界，
像一只吃草的鹿重新在我的小路旁游荡，
提防着精神最轻微的攫取。转过身，我吻了她，
纯粹的欢乐轻易就将天平朝爱的一边倾斜。

但是，温柔的探访，
安逸如一只小鹿或一片自然的田野，
你将如何拥有我？朝着你的优雅，
我的诺言像河流一样汇合，交融，奔跑，
但仅仅是当你做出选择。你妒忌她吗？
你是否会拒绝到来，直到我已将她
可怕地撵走，自命不凡地活着，
几分像病人，几分像婴儿，几分像圣徒？

在场的理由

小号的声音，嘹亮而专断，
引我走到亮灯的玻璃旁
窥看这些跳舞的人——全都小于二十五——
专注地挪步，潮红的脸对着脸，
庄重地踏着幸福的节奏。

——或是因为我想要，嗅着烟味和汗味，
幻想触摸姑娘的美妙。为什么要站在外面？
但，又为什么要去到里面？性，是的，但什么
是性？当然，是想着最大分量的幸福
被情侣们独占——完全

错误，就我而言。
召唤我的是那高悬的、喉咙粗野的钟
（艺术，如果你喜欢这样称呼）它孤独的声音
坚定地认为我也孤独。
它说；我听；其他人或许也听得见，

但不是为我，我也不是为他们；其实幸福
也一样。所以我待在外面，
有我的理由，他们来回磕绊，
有他的理由；彼此都满足，
假如没有人对自己判断错误。或撒谎。

下一个，请

总是太渴盼未来，我们
染上了期望的恶习。
总有什么即将来临；每天
我们都在说着“到那时”，

从悬崖上观望，那微细的、闪烁着
清澈光芒的诺言的船队正在靠近。

它们多慢！浪费了多少时间，
总是拒绝加快步子！

但它们仍让我们手握不幸的
失望的枝梗，因为，尽管没有什么会阻碍
每一大步的前行，随黄铜装饰一道俯倾，
每一根清晰的缆绳，

都悬挂着小旗，尽管那船艏上的金饰像
横跨在我们的路上，它却从不停泊；它
刚一出现就转向过往。
直到最后

我们仍以为每艘船都将顶风停航，在我们的生命里
卸下所有的好东西，这是我们应得的，
因为等待如此虔诚又如此漫长。
但我们错了：

只有一艘船追寻着我们，一艘陌生的
黑帆船，拖在它身后的
是鸟声杳无的大片寂静。在它醒时
也无水声酝酿或碎裂。

离去之诗

有时，你辗转听到
这样的墓志铭：
“他抛下一切
撒手而去”，
这声音听来总像是
确信你会赞同
这大胆而纯粹的
原始的举动。

他们是对的，我想。

我们都憎恨家庭
却不得不待在那儿：
检视我的房间，
无非是精心挑选的废品，
好书，好床，
我的生活，完美有序：
所以听到它说

“他从人群中走出去”
这让我脸红而激动，
好像听到“然后她解开裙子”
或是“拿去吧你这坏蛋”；
如果他可以，我为什么不能？
这让我保持
勤奋和清醒。
但是今天我要走了，

是的，阔步在坚果散落的路上，
屈身于矮硬而精良的
水手舱，如果
它不是这么装模作样，
这么从容的倒行的脚步，
为了创造一个目标：
书籍，瓷器；一种生活，
该受谴责的完美。

春　天

绿荫里的人们坐着，或绕着圈散步，
他们的孩子们拨弄着苏醒的小草，
云朵安静地停伫，鸟儿安静地歌唱，
闪烁如一面悬荡的镜子，
太阳照耀着弹跳的球，吠叫的狗，
被枝桠拘禁的树叶的薄雾，和我，
贯穿着我穿越公园的弯曲的路，

一种难以消化的枯燥。

春天，所有季节中最无偿赠予的，
是天然的花朵的拢抱，是流水的赛跑，
是大地最多姿多彩的，兴奋的女儿；

而那些与她最无缘的人最能欣赏她，
他们的道路变得怯懦而迂回，
他们的视野山峦般清晰，他们的欲求粗野。

这　里

转向东边，背离浓重的工业阴影
和整晚朝北的车流；转过田野，
草太稀疏，蓟藜杂生，不能称为草地，
偶尔出现一个名字粗陋的小车站，掩映着
黎明时的工人；转向天空
和稻草人的孤独，干草堆，野兔和野鸡，
和那渐渐加宽的河流缓慢的出现，
那堆积的金色的云，闪耀的留着鸥鸟痕迹的软泥，

聚集成一个大城镇的惊奇：
这里圆顶和雕像，尖塔和吊车，
在树枝四散的街道旁，游船拥挤的水面，
和来自湿冷住宅区的居民，由偷偷行驶的
平面电车沿着笔直的道路带来，
推开厚玻璃旋转门望向他们的欲望——
廉价西服，红色厨具，时髦的鞋，冰棒，
电动搅拌机，烤箱，洗衣机，吹风机——

一个廉价消费群，城市居民，然而出身低微，住在
只有推销员和亲戚们会来的地方，
在街道尽头带着鱼腥味的
田园牧歌式的船只里，奴隶博物馆，
文身店，领事馆，包着头巾的冷酷妇人；

而远在它被抵押的建了一半的边缘之外
是迅速被阴影遮蔽的麦田，长得像树篱一般高，
是孤绝的村庄，那里远离的生活

被孤独净化。这里寂静
像热气静止。这里树叶在忽视里变浓，
隐藏的野草开花，被疏忽的水流加快，
充满光亮的空气升起；
而穿过罂粟花淡蓝的模糊区域
那块土地突然终止在身影和卵石的
海滩之外。这里是不设防的存在：
面对太阳，沉默寡言，遥不可及。

皮　肤

服贴的日常的衣着，
你不可能永远保持
那无法伪造的年轻的外表。
你得了解你的纹路——
愤怒，消遣，睡眠；
这不多的几个讨厌的标志

来自无止尽的狂暴的
风沙与时间；
你会变粗，松垮
成一只旧口袋，
携着毁坏的声名。
然后干枯，粗糙，萎靡；

原谅我，当
我发现，过去你新鲜的时候，
没有浮华的庆典
值得穿着你前往，正像
穿着那些名正言顺的衣服，
直到时尚改变。

广　播

盛大的耳语和咳嗽声来自
星期天人满为患、令管风琴皱眉的广阔空间，
突然一阵疾促的鼓点，
女王驾临？然后是落座的轰鸣。
接着，小提琴的抽泣开始了：
在所有的脸中，我念想你的脸

美丽而虔诚，
在一片浩瀚的音乐的滑翔前，
你的一只手套悄悄掉在地上
落在崭新的，稍稍过时的鞋子旁。
天很快黑下来了。我失去了
一切，除了安静而枯萎的

树叶映在那微微寂寥的树上的轮廓。
在热烈的波段后面，遥远而疯狂的
和弦风暴更加无耻地
抑制我的头脑，他们碎裂的尖叫
留下我绝望地搜寻
你的手，在那样的空气里微弱地，鼓掌。

从个人出发，从日常出发
——读菲利普·拉金诗歌

舒丹丹

作为诗人，拉金的一生可以说是平淡简静，波澜不惊。虽说晚年的拉金在英国诗坛已经声名显赫，但他大部分的时光仍在赫尔大学图书馆里平静地度过。拉金自己曾说，他的传记可以从二十一岁写起而不会遗漏任何重大事件，因为对于拉金来说，“童年／是遗忘了的厌倦”（《来临》）。事实上，拉金二十一岁以后的个人生活也充满了独身隐士式的平淡。1955 年，拉金任赫尔大学图书馆馆长，他在这个职位上一干就是三十年，直到 1985 年因喉癌在赫尔去世。或许正是这种平凡的生活轨迹，使得拉金采取了一种以个人经验为根基的诗歌方式，拉金的诗歌形象也常以第一人称的“普通人”自居。他冷眼体察社会，以冷静机智的笔触，写平凡人的生活，聚焦个人情感，生动地折射出战后英国世像百态和复杂的时代情绪。

与他平淡的生活一样，拉金的诗歌既没有宏阔的叙事背景，也没有装模作样的故弄玄虚，他的诗呈现一种“非玄学”的特点，但他善于将生活中平凡而沉闷的细节提炼为富于回味的诗歌黄金。年华的流逝、生的厌倦、爱与婚姻的悲哀以及对孤独与死亡的恐惧是拉金诗歌的常见主题。拉金的语调嘲讽、悲观、低调、坚执，但这一切之下，无不浸润着他的英国精神，一种对生命严肃的沉思和对现实人生的诚实。如在诗歌《布里尼先生》中，在平淡而精准的日常生活细节里，拉金为我们再现了一个可怜可悲的小人物的一生：“这是布里尼先生的房间。他在这儿待了／肉体的一生，直到／他们把他搬走。”印花窗帘，薄而磨损，／垂在窗台之上五英寸……全诗用词平朴简洁，以散文化的白描手法和闲谈式的语气将布里尼先生的形象刻画得惟妙惟肖，生动地折射出战后英国普通民众悲观、失落、无奈、无为的人生心绪，同时也展示了拉金诗歌的一种可贵品质，即王佐良先生所说的“心智和感情上的诚实”。

拉金崇尚诗歌的个人性，认为诗歌是诗人对其独特经验所作的一种情感保存。拉金曾宣称："我写诗是既为我自己也为别人保存我所见、所思，所感的事物。"他的诗作因此常常从生活事实与个人经验入手，评论周遭所闻所见，直接而冷静地剖析自我内心世界，虽从一己之感受出发，折射的却无不是一代人共有的内心隐念。如诗歌《在场的理由》，灵感即源于诗人个人生活中的一个小片段："小号的声音，嘹亮而专断，／引我走到亮灯的玻璃旁／窥看这些跳舞的人——"诗人剖析里面的年轻人与场外的自己彼此"在场的理由"——跳舞的人是为了追求异性，而"召唤我的是那高悬的、喉咙粗野的钟"。事实果然如诗中所说吗？诗人转而以一个条件从句和补足语略带羞涩地坦言自己"判断错误"，"或撒谎"。这种以选择、补足、条件、让步等从句结尾而造成反讽、自嘲的诗歌技巧正是拉金所擅长的，也极大地增强了作品的回味与张力。对于诸如此类的生活细节，拉金的体会非常细腻，诗歌意念的展开也极为独特，常常不期然给人一种震撼，如早期的一首《为什么昨夜我又梦见了你》，"那么多我以为已经忘掉的事／带着更奇异的痛楚又回到心间：／——像那些信件，循着地址而来，／收信的人却在多年前就已离开。"新奇而贴切的事物间的隐秘关联已然预示了诗人独特的感性与某些成熟的特质。而另一首别致的情诗《广播》，则是描述诗人在家里通过收听广播想象女友参加现场音乐会的情形："在所有的脸中，我念想你的脸"，"留下我绝望地搜寻／你的手，在那样的空气里微弱的，鼓掌。"这是绝对新鲜而个体的情感经验，也是前人从未写过的动人的诗歌细节。

拉金的诗多与他的生活和自我绑在一起，他诚恳而平实地述说生活的事实与一己之感受，但这并未使他的诗歌表面化，也并不意味着想象力的匮乏。事实上，他的诗充盈着非凡的想象，并以具体可感的细节将想象力具象化。诗歌《1914》自称是献给一战阵亡者的"纪念碑"，但 1914 年拉金尚未出生，却能够生动地想象出一战前的英国那种纯真与淳朴的社会秩序：帽子上的花边、八字胡、法寻与沙弗林硬币，甚至轿式老爷车后面的灰尘……诗中充满来自想象的日常生活的鲜活意象。又如诗歌《婚礼那天的风》，尽管拉金终生未婚，却细腻而真切地铺展出婚礼上新娘微妙而曲隐的心理。他有意回避那些见诸政治和宗教的抽象和晦涩，因为他认为，那些对他的影响还没有强烈到足以成为他个人生活的一部分。拉金曾宣称：“一个人可以径直退回到自身的生活中去，从中觅取写作素材……”他用自己的语言方式为强烈的情感找到了最恰当的表达，对于诗中所谈论的事物，他永远掌握着一种恰如其分的语调和分寸，既不拔高也不低俯。拉金说：“我倾向于非常轻柔地牵着读者的手进入诗作，说，这是最初的经验或对象，而现在你瞧，它使我想到这、那和别的，然后渐渐达到精彩的结尾。”拉金的所有作品，也诚实地为这句话做了一个极好的注解。他的诗大多使用平实的语言、谦抑或嘲讽的语调以及传统的格律，很好地体现了英诗中的传统美德，题材虽从个人出发，却不局囿于个人，传达的是战后英国一代人共有的经验和感受，呼应着一代人的精神现实，因而引起了人们的共鸣，这也正是拉金受到广泛欢迎的原因。

拉金早期的诗歌曾受叶芝式修辞的影响，语言优雅精致，训练有素，有学院派痕迹，擅长描述心灵、沉默和感伤的场景。他的第一本诗集《北方船》曾被认为是“叶芝对爱情、性苦闷和死亡的执着而感伤的翻版”。这本诗集虽不是特别优秀，却因某种程度上预示了其后期作品中成熟的特质而受到关注。如《北方船》里的《如果悲伤能够熄灭》一诗：“火焰归于寂绝，／灰烬变得软绵：／我拨弄火石冷硬如铁，／火焰已消失，／悲伤搅起，机敏的心／虚弱地陈列。”该诗情调忧郁，语言精美凝练，韵律齐整，洋溢着叶芝式的感伤美。除了早期诗作，拉金还有相当一部分诗歌可以用他自己的话——“优美”来概括，即使是进入成熟期写作后，拉金也时有优美之作问世。如写于 1964 年的《太阳》，这是拉金在《降灵节婚礼》后写的第一首诗，诗中充溢着非凡的想象与精美的比喻：“眼睛望你／被距离简化／成一个光源，／你烈焰的花瓣的头／永无止歇地爆炸。／热是你黄金的／回声。”又如写于 1967 年的《树》也是一首描摹自然之美的纯美之作：“树正长成新叶，／好像某事呼之欲出；／初绽的嫩芽悄然舒展，／点点新绿恰似某种幽怨。”这些诗在情感上温暖，在艺术上唯美，在语言上精巧，体现了拉金诗歌的优雅的一面。运动派诗人恩赖特也曾赞美拉金诗艺的优点：“语言的讲究和严格的韵律之美”，“只用所需数量的词”已成一种“习惯”，而他的机智则“微妙而优雅”。

四十年代末，拉金从叶芝的影响中警觉，并试图从中收紧和修正，回归以托马斯·哈代为代表的直率而诚实的传统英诗的风格。他找到了一种新的更为轻松的表述方式。拉金说："我读到哈代时，便有一种解脱感，即我无须努力抬高自己去迎合一种存在于我自己生活之外的诗歌概念……"对应这种沉浸于日常生活的诗歌观念，拉金找到了一种"语调更轻松、更克制、更随意，在某种意义上更民主和更本土化"的闲谈式口语体的语言风格，他与读者建立了平等的关系，以平易的语言，展开了一场轻松的闲谈。如拉金的一首忆乡之作《我记得，我记得》：曾经，在寒冷的新年初始，／沿一条不同线路去往英格兰，／我们停下，看到人们攥着数字牌／从站台冲下涌向熟悉的大门，／"喂，考文垂！"我叫嚷。"我在这里出生。"毫无弦外之音的叙述语气和散文化的语言，像一篇怀旧散文的开头，仿佛预示着故乡与逝去岁月的茫然和庸常。又如拉金写给其好友"愤怒的青年"小说家金斯利·艾米斯的女儿的贺生之作《昨日出生》，更是纯然面对面亲切叙谈的语气：他们都会祝愿你那些，／如果证明它有可能实现，／那么，你是个幸运的女孩儿。／但如果不能，就／祝你普普通通；／有着，和其他女人一样的，／庸常的资质：／不丑，也不好看。拉金在强调"个人性"的同时，又努力把他变得"非个人化"，这使得他的诗作源于自我却不乖离常情，他贴近每一个普通人的日常生活，这无疑更易引起读者共鸣。正如王佐良先生所言，"在英诗多年的象征和咏叹之后，来了一位用闲谈口气状写五十年代英国风景、人物和情感气候的诗人"，拉金受到英国民众的热烈推崇是不难理解的。

拉金推崇哈代，语言风格有意受哈代影响，诗体优雅，语气节制，用词凝炼奇趣，意象具体而微。他尊崇"不用很多形容词，而让事实讲话"。拉金大多数好诗都带着一种淡淡的伤感，一种克制的怀旧与失落。如一首关于月亮的新奇独特的诗《悲伤的脚步》，"小便后摸索回床／我拉开厚窗帘，惊讶于／急速的云，清透的月光。"月亮的出场竟然在"小便"之后，诗人的孤独凄凉被反衬出来，令人心碎。这是独属于拉金的语言风格，一种非凡的美与真，诗意与粗鄙的混合物。拉金讲究形式，诗歌的平衡感非常好。即使后期诗歌中引入粗鄙的俚语、口语甚至聚讼纷纭的"脏词"，但仍遵循着传统英诗典雅的格律。这些粗言俚语嵌入在优雅的诗歌形式里，产生了惊人的效果。在二十世纪英诗越来越漠视用韵的大趋势下，坚持格律这一点，拉金是有意为之。也许正因为此，美国诗人罗伯特·洛厄尔称赞拉金是当代"在形式方面最令人满意的英国诗人"。

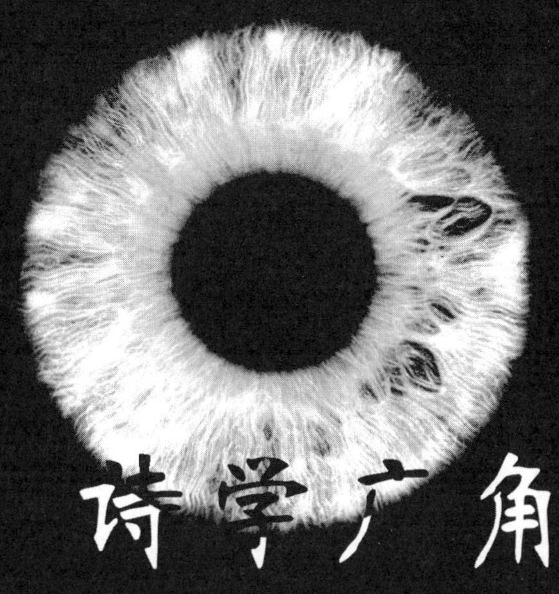

诗学广角

Wide Angle
of the
poetics

POETRY FASHION

李犁

原名李玉生。辽宁人，现居北京，中国文人书画院艺术总监，中国诗歌万里行组委会副秘书长，辽宁新诗学会副会长。写作诗歌和评论。著有诗集《黑罂粟》《一座村庄的二十四首歌》，评论集《拒绝永恒》，研究集《天堂无门——世界自杀诗人的心理分析》；有若干诗歌和评论获国家及报刊各种奖项。

百年新诗需要恢复和坚守些什么

李犁

概述：经过百年的发展变化，中国新诗已经确立了自己独立且耀目的诗学系统。但是活跃和喜新厌旧的品性一直让新诗处在前沿和动荡之中，速变与速朽是新诗的特征也是技术更新的动力。这让几年前的好作品，在今天就如昨日黄花。先锋和新锐使新诗青春蓬勃，也激荡不稳。所有这些就导致当下诗歌这样一个事实，就是新诗在进化的同时，也在变异。譬如体积越来越肥大，体质越来越松懈甚至拖泥带水，诗歌与其他文体的边界越来越模糊。这些技术层面的探索不是最让人担心的，因为艺术有自身的调控功能，探索一旦过了头，自然会被淘汰和摈弃，最终还是要回到艺术的本源上来。但是过分的诗言智加上对世俗趣味的沉迷让诗歌中的志向即理想越来越淡化，审丑在流行，低迷低俗以及苟且犹如诗歌中的阴霾在弥漫。在一些优秀的诗歌里，我们虽然能看到了人生的真实和真相，但骨缝间渗出的冷和残酷常常让我们毛骨悚然。与此相对的，是一种看起来明亮阳光，但是没有真话，通篇是虚假的歌唱与廉价的抒情，还不如前者。诗歌需要热爱和温暖，需要气度高度和温度。诗人怎么能在更广大的公共空间真实发声，并气贯长虹，这一切需要诗歌主体也就是诗人自己要恢复和遵守博大正气的诗歌伦理，和舍己为人的写作传统，既心境上高上云端，心态上又低进泥沼，并有以一己之心去焐热整个世界的英雄主义和襟怀。下面就具体说说要恢复和坚守哪些品质，并让这些原有的诗歌光芒重新绽放出来。

还凌云之志，除功利之心

诗歌要有大境界，首先需要诗人自己要有凌云之志，人之所以需要诗歌，就是人天生有对高度的向往和企盼。人活着不是为了爬行，而是为了飞。飞的幸福在于体验“绝云气，负青天”，扶摇直上九万里的逍遥与壮美。而能飞多高取决于人是否能像鲲鹏那样有大翅膀大志向大智慧，如果像家雀那样满足于一把米粒、一米高的篱墙，再大的翅膀也会退化和完蛋。诗人要飞起来必须要不断地聚集信念和力量，不断地给精神注入氧气并清洁心灵。而欲望是毁坏诗人心灵的硫酸。所以诗歌要高耸入云，不仅诗人的胸襟要无限大，而且必须要剔除功利之心，一点杂质就会使诗歌的引擎灭火。

功利之心有别于想把诗歌写进文学史和不朽的雄心和野心，后者是用文本说话。也就是说，后者是诗人把诗写得像诗是诗，通过文本的出类拔萃来实现他们的诗歌抱负。功利之心不是这样，这类诗人图解政治概念，肢解公共人物和话题，迎合某种活动和节日，然后堆砌伟大华丽的形容词，极尽谄媚之能事。作品既没有真情实感，也没有独立思考。我不反对写这类题材的诗歌，重要的是一定要有感而发，大题材中凝结着诗人自己的发现和思想。贺敬之和郭小川当年都写过政治题材的诗歌，不管今天我们怎么评价他们的诗歌，但必须承认他们当时的热情和真诚，因为他们不仅是歌颂那个时代，也是在抒发自己为之奋斗的理想，不管他们面对的是延安还是团泊洼，他们的歌唱都是掏心窝的，既真实又真诚。但现在这些诗人不是这样，他们根本就不信仰他们歌颂的这些，他们这样写的目的是为了当官发财，诗歌是他们的敲门砖和入场券。这也是一种贿赂，他们糟蹋了诗歌又丧失了诗人的良心。所以做一个真正的诗人首先要铲除这种诗行贿的心理。

第二种功利之心，是急于成名东拼西凑，这种诗人缺乏才气，又私心膨胀，为了快速成功，就改编甚至抄袭别人的诗歌，把甲乙丙丁的作品揉搓到一起，改头换面，新瓶旧酒，甚至空瓶无酒，只有瓶子上的花纹耀眼唬人。这样的作品注定没有灵魂，等待清洁工打扫进垃圾场。

这样的功利之心必须剔除，否则诗歌难以有血有肉有魂。诗歌需要轻，而功利之心就是绑在身上的金块。太沉了注定无法飞翔，如果在水里，不但游不起来，还要被金块坠沉。这金子就是欲望，就是名利，把名利场上的东西强加给诗歌，就是让娇柔的美女去货场扛麻袋，不仅害了美女，还坑害了这些货物。

诗歌是柔弱的，又娇贵又难养。它需要诗人小心耐心还要有赤诚之心和洁净之心，即使这样它也不一定能成活，还需要天机和神赐。诗歌不是诗人努力就能获得的，诗人在寻找，诗歌在徜徉，时机不对就错过了。要遇见需要机缘。而真的得到了，诗歌除了给诗人心灵带来无限的喜悦，其他实际的东西几乎没有。所以我们只能对诗歌一厢情愿，尽管这样，诗歌也经常是冷屁股对待我们的热脸。这一切表明，诗歌与功利势不两立。

为了剔除功利之心，诗人要学会用减法生活，减去一切沉重的背负，剪去一切与诗歌无关的枝枝蔓蔓，让心灵轻松，让写作飞翔。这让我想起一位诗人朋友，他说这辈子如果不饿死，他就永远只是读书和写作，决不做其他。三十年前这个样子，三十年后依然这样。他就是这个时代的激流中挺出水面的礁石。功名利禄与荣华富贵都不能撬动他一点沉静的目光和对诗歌的热爱。他的写作和人生因此而飞升，因为他的心里容不下一点尘埃。

要锋利之思，少世俗之心

诗歌要有烟尘味，但诗人不能媚俗。诗人要尽量与世俗远，诗歌尽量与人间近。诗人只有跳出了世俗，才能把诗歌写得既亲近又超拔。更主要的是诗人需要如刃一样敏锐和锋利的思维，这样才能让他在杂乱无章熟视无睹中把诗逮出来，哪怕是细如游丝的诗意也能切割下来。这说明诗人都是充满灵性的，是一个能和万物说话的人。他们写诗，依赖的不是经验甚至不是思想，而是与生俱来独一无二的感觉。第六感，那冥冥中的神秘之光，像上天赐给诗人的神来之笔和来去无影的灵感。诗人就用它们来调遣着事与物，来选择自己的话语，对生活削铁如泥，使诗歌既出人意料，又像刀尖一样尖锐快捷。而保证诗人思维这样敏捷地运转，首先就是诗人一定固守本我，做自然人，防止被社会异化。做到这一点，必须减少世俗之心。

这是前一个问题的延续，只是轻与重的关系。功利是写诗的大病，世俗是写作的一般性患疾。世俗犹如灰尘，多了就会让机器锈住，运转不灵。灰尘更多的时候，就是雾霾，雾霾灌满诗歌，就是一种脏，一种低俗。那就没有了诗意，没有了诗。而生活中我们又无法屏蔽世俗。每天的柴米油盐，遭遇的生老病死，大一点年龄的诗人还要抚养孩子，赡养老人，一切生存之必须让我们不可能全部地剪去世俗行为，可以世俗一点，但绝不能庸俗，更不能低俗。因为我们写诗的根本目的，就是要超越缭乱琐屑的生活，让诗歌和心灵进入到高远境界中。

所以我这里的“减少”延伸出两方面，一是诗人要清醒，不论何时何地要清醒地知道你在做什么，对自己的所作所为，是与非都要一清二楚。二是在写诗的那一刻，就是面对白纸的一刻，一定要剔除俗心，让心灵空成一张白纸。只有这样性灵才能灵敏，才能自由自在地超拔和潜入。情思才能“乘云气，御飞龙，而游乎四海之外”。

为了让诗歌减少些俗气，诗人尽可能少参与一些无聊的活动和聚会，尤其是各种庆典的商业活动，以及政客和暴发户们的酒局。不能屏蔽就躲避。不能全身心告退就间歇性逃避。写《瓦尔登湖》的梭罗也不是整天待在山上独居冥思，他经常在晚上出溜下山，到同道的朋友家里，饮酒弹琴，秉烛长谈。只是在嘈杂的白昼在山间树林里，面对清澈见底的湖水净心修神。第二种减少世俗之心的做法就是躲到书里去，这是想象的世界，诗意的世界，理想的世界。书是一个屏障，直接把尘埃和杂质挡在了外面，让我们的灵魂逐渐清澈成纯净的泉水。还有很多诗人用喝酒保护自己，拒绝异化。最著名的酒鬼诗人是美国的布考斯基，这家伙多次从酗酒中死里逃生，酒毁了他的身体，却保存了心智的完整，酒是一个硬壳，让那些有害于写作的虚荣名利无法进入他的思维。所以他的写作真实强硬。被称为“一个难对付的家伙”，他自己也说：“我一辈子顾虑我的灵魂，我永远一手拿着酒瓶，一面注视人生的曲折，打击与黑暗，等待死之最后到来。”布氏受中国诗人推崇也就是源于他身处底层，又绝不与世俗妥协的灵魂。

所以诗人需要一颗真诚而脱俗的心灵。这是因为真诚而脱俗是诗的境界，同时也只有真诚脱俗才能保持写作的敏锐性，才能时刻从灰尘满面的生活里敲打出诗情。

坐禅之修与寂静之心

功利和世俗没了，自然就是宁静了。但保持宁静的状态，是寂寞的。我曾经写过，应该有这样一位诗人，他的作品一尘不染，内心也没有尘埃；他的诗歌超拔，行为也与之一样超然物外。这样的诗人是文本与行为统一的诗人，是一个有境界的诗人，他不仅写诗更像诗歌那样活着。这样的诗人能朝饮白露，晚看菊花。每天端坐在白纸旁，看朝阳老成夕阳，让时间在自己的身体里编织着春夏秋冬，脸上的皱纹多了，心灵里的杂质却挤光了。而且几十年来就这样过滤着，纯粹着，直到把自己纯成陶器，哪怕落满了灰尘，擦一擦依旧闪烁着新鲜而深沉的光芒。

这说明写诗犹如坐禅，信徒道成肉身，诗人肉身成诗。有人朝拜为了圣灵，诗人写诗为了神明。一条灵魂的皈依之途，一场盛大的洗礼和净化。洗去一切杂念和欲求，净化为充盈和敞亮。上帝用圣灵柔化人和心灵，诗人通过写诗走向圣灵和神明，整个过程就是信徒的修行之路。这是一条通往人的内心最深远的路，诗歌探测人心灵的同时又引导着心灵走出迷惘走向神明。在这个道路的尽头是一种自由的充满超然的明亮和透彻，是完全卸去沉重的肉身和欲望后的轻松安详平衡和美。这一切与坐禅一样都是为了清心羽化，让身心和诗歌一样弃绝凡尘，让心灵宁静，让人生清澈。

所以，当下不缺乏优秀的诗人，缺乏的是上面提到的能把生活羽化成诗歌一样的人。像诗歌那样活，就是把诗歌的境界和精神带进生活，那种超然与绝尘不再只是写作中的一种高调和作秀，而是要化成一种行为，一种实实在在看得见摸得着的走动和声音。

做到这一点，间歇性躲避是肯定不行的。还需要一种大隐和炼狱般修为的精神。也就是通过全身心的隐和禅进入静思的状态。这让我想起美国作家福克纳。这个乡村老头晚年终日把自己关在一个地下室里专心写作，一日三餐由妻子送到门口。偶尔有事上街，遇到熟人打招呼他就慌慌张张地逃跑。类似的例子还有德国的海格德尔。海格德尔曾经到乡间逗留，住在山上的小屋，独自倾听群山深林和无言的农田，和农民们一起烤火，看豹子钻进鸡棚以及母牛在早晨产下牛犊。那个时代作家们还没有学会作秀和炒作，他们的这种做法，不只是减少无用的世俗之举，因为他们的内心早就干净了，更重要的是他们在寻找一个自然自由的精神平台，让心灵因静而活跃起来。因为只有静才能沉思，也因为只有思了才能产生真正的诗。

守住寂寞进入静思的境界，要培养自己的孤独意识，沉进孤独首先要靠意志，因为这是一个苦行僧之路，就像前面提到的，诗人就是通过寂寞来参悟静修的境界。但这个过程并不痛苦，反而充分享受了独自冥想冥思的快乐和自由。它的程序是沉思沉醉再迷狂，然后就是创造和创造带来的幸福感。像前面提到的福克纳和海格德尔不正是在孤独中自给自足，愉悦满心嘛！

这是入境的快乐，更是独思与创造的快乐。这让我想到《二十四诗品》中超诣一格。是说诗人在远离尘嚣的自然之纯景中，会与“道”相通（也就是通灵者），写起诗来就能超脱世俗。乱石乔木碧台余晖中构思吟咏会忘了自己，完全沉醉在艺术的韵味之中。这就是寂寞开出的花朵，也是寂寞本身的快乐和境界。

静思另一个境界就是让诗人变得单纯，单纯使诗人的心灵明亮干净并活跃。那些目光所及的一切都会引爆诗人的写作点，那些周围的事物，不论多么渺小和琐碎，他都能从中看到人类生活的样子，复杂的被他的单纯过滤成简单，单纯又使诗人的写作变得执着。同样因为执著，人的心胸变得博大，变得柔软，变得淡泊和干净。从而人和诗歌都进入一种真境界。

侠义精神与同情之心

古代传说，儿子为了给继母找到治病的活鱼，便在冬天把身体贴在冰面上，来使坚冰融化，捞上鲜鱼。这种献身行为有两个意义，一个是义举，一个是温暖之心。这恰是我们当下诗坛匮乏的品格。诗坛需要也呼唤融冰精神，这也是一种大爱。有大爱的诗人，哭能惊天地泣鬼神；笑能让山河鼓舞，时代振奋。这就是当下提倡的正能量。正能量的核心就是正义感和同情心，前者是路见不平一声吼，后者是为别人的痛苦捧出自己的热泪。这是古今中外所有优秀诗人共同的写作原型，也是能成为一个诗人最基本的元素。所以正义感和同情心是诗人的两翼，它们构成诗人完整的人格和心理胚胎。一切爱恨由此发轫，一切写作由此出发。

因此，同情心就是良心，诗人就是人类的良心。诗人不仅要有勇气去挑战丑恶现象，也要有温暖传递给弱者。我强调保持这原有的诗歌传统，是因为本文开始提到的诗歌太冷，诗人太自我的现状。诗歌必须要进入生活现场，进入广大的公共空间。诗人要敢于发声，要和时代一起呼啸着前行，筚路蓝缕，休戚与共。诗人不能太冷漠，太自私，各人自扫门前雪，要关心与自己毫不相关的事，不仅仅是隔岸卖萌，诗人连同文本都应该楔进现场，流汗流血流泪。

从历史上看，每一次社会变革和重大事件中，诗人从来没有缺席，而是呐喊着冲锋在前。尤其在 2008 年汶川大地震的巨大灾难面前，诗人们义不容辞地递上自己的肩膀和使命，让诗歌成为安抚人的心灵，振奋人的精神的一杯水一块面包一面旗帜。可是短短几年，为什么在个人常态的生活中，在巨大变革的时代面前，诗人们又回到挖掘内心和潜意识，不厌其烦地把玩技术的小手艺之中？这种类似自慰的写作状况使诗歌成为私语者，也使诗歌越来越多地失去了读者和生存空间。

诗人们必须抬起头来瞭望远方，让目光越过自己，旁及那些和自己毫不相干的别人的境遇，这就是一种品质，一种爱，一种大的同情心和悲悯情怀。于是同情心就上升到宝贵的侠义精神。侠义不仅是情感上的援助，还有行动，所以这个词总是让人热血沸腾，它代表着正义和真诚，坦荡和牺牲，还有情谊和泰山一样的信诺。它让诗歌充满情怀和高度。所以有人云："侠之大者，为国为民。"有侠义的诗人才是大家，有侠义的诗歌才能大气。一个自私的诗人也许能写出几首好诗歌，但绝对无法写出与时代比肩的大诗歌。

更重要的是，侠义的诗歌有温度，它是雪里的炭火。写温暖的诗歌，给读者带去热量是当下每个诗人的责任。诗人不能只沉迷和陶醉在把字词以及比喻句打造得惊天地泣鬼神的乐趣之中，也不能把头缩进自己的情绪里一味地放大自己的愁怨，诗人不仅需要大我，更需要忘我。诗人的胸怀不能像大海，也要做一个广场，让大家踩跳跑，尽情地释放快乐和愉悦。何况这世界还有那么多不公需要诗人拍案，还有那么多不幸需要诗人关爱。譬如诗人周庆荣在油画《石壕吏》面前，痛斥凶吏，又为受苦受难的老叟泪流满面："太阳升得高一点吧，当初红艳艳的血性只需一点点的高度就会有光芒，请一视同仁地照耀人间每个角落，尤其不能让石壕那里继续黑暗潮湿。"这就是同情心上升到侠义精神的一种表现。

侠义精神的又一个表现就是让诗歌有了劲健的力量，因为它是诗歌中的钙和铁甚至是钢。有了它诗歌就充满了浩然正气并慈爱温情。诗人怀揣侠义来写作，就是一边铸剑一边育花。所以同情心是诗之胚胎，侠义就是诗之枝干。有了侠义诗人就有了胸襟，胸怀大了，心灵就变得温润善美，投射在万物和作品上，才能红润温暖又深情和爱。这种自动地去接纳和感受别人的苦难，而又能与苦难肝胆相照的诗人才是当下最需要的诗人，才是走出自我又能忘我的诗人，是有血有肉的诗人，是诗人中的诗人。

经典一刻
POETRY FASHION

The classic
moment

维克多·谢阁兰

维克多·谢阁兰（Victor Segalen，1878—1919），法国著名诗人、作家、汉学家和考古学家。也因书写中国而负有盛名。他曾长期旅居和多次游历中国，对于中国的悠久文明和独特文化有着深入的体察和丰富的感知，并以此为灵感创作出大量的诗歌、散文、小说。其重要的作品有《古今碑录》（诗集）、《勒内·莱斯》（小说）、《历代图画》（散文诗集）、《华中探胜》（记游）等，都写于中国，取材于中国。因此他被人称之为“法国的中国诗人”。

肖水

1980年生于湖南郴州，毕业于复旦大学法学院。复旦诗社第27任社长。著有诗集《失物认领》、《中文课》。

作为当代“中文诗”的《固体风暴》

肖水

固体风暴

维克多·谢阁兰

用你那坚硬的波涛托起我吧，凝固的大海，没有潮汐的大海，锁住了飞云和我那些希望的固体风暴，高山，让我用恰当的文字固定你那美的全部雄伟。

目光在脚步之前落在弯弯的小路上，费力地征服你。你皮肤粗糙，气势宏大，直落寒空。在可见的流苏后面，另外一些峰峦托起了你的小路。我知道你使攀登的行程长了一倍。你积聚努力，犹如朝圣者积聚石块，为了表示敬意：

向你的高度表示敬意，高山。让我的道路艰难吧，让它崎岖，让它严酷，让它高高地上升。

这样，当我离开你走向平原时，我将感到平原重新变得多么美丽。

维克多·谢阁兰（Victor Segalen，1878–1919），法国诗人。作为一位诗人，在诗歌纯文本的世界里，他并非无可挑剔，意即他的诗作在很长时间内不曾作为语言和思想范本被推崇和模仿，但作为一名法国海军军医，他曾长期旅居和多次游历中国，并在中国完成了诗集《古今碑录》（即《碑》），这本书使其作为中法文化交流的象征而熠熠生辉。

外观形式上，《碑》采用了中国传统的金石拓片的连缀册页形式，开本按“大秦景教流行中国碑”的长宽比例缩小而成，木制封面上系着黄色丝带，刻有“古今碑录”四个隶字。另外，书中每首诗的右上角皆配有汉语题词，诗的四周还围以黑色边框，上方还有碑的圆孔。在结构上，诗集分成了南面之碑、北面之碑、东面之碑、北面之碑、路边之碑、中央之碑等六个部分。在内容上，除了汉语题词之外，最明显的是引用中国典故，包括神话、传说、史实、人物、习俗、礼仪等，这些典故与谢阁兰的写作目的之间，有着相符、相背、相左等三种关系。

《固体风暴》为《碑》一书中的六十五首诗之一，列于“路边之碑”一辑。此诗的汉语题词为“陆海”。谢阁兰在手稿上注明此词出自《汉书·地理志下》：“（秦地）有鄠、杜竹林，南山檀柘，号称陆海，为九州膏腴。”颜师古注：“言其地高陆而饶物产，如海之无所不出，故云陆海。”另《水浒传》第一〇五回也曾在同一意义上使用该词：“宛州山水盘纡，丘原膏沃，地称陆海。”

当我们将这首诗与东方碑刻外形、汉语题词、中华典故等文化元素连接的时候，更愿意在中文的世界里进行解读，而忽略他作为一首“法语诗”的本质，忽略以上文化元素可能仅仅是一种“异国风情”的路标石。然而，对于当代普通中文读者而言，对诗歌浅尝辄止的事情屡屡发生，“陆海”一词的出现，除了成为他们翻查字典、提高古代文学修养的契机之外，大概再无其他。而对那些敏感于任何一个词语的诗人来说，“陆海”一词还有更细腻的肌理等待他去揭示，以及它与“固体风暴”这个偏正机构所形成的互相映射的关系，也可以成为我们了解当代诗歌走向的一个截面。

我们将陆地、大海、天空并置的时候，几乎都是用在军事和气象上。我们习惯将三者简写成“陆海空”，例如“陆海空三军仪仗队”。当我们将陆地、大海组合的时候，最常用的词组是：海陆（风），陆海（风），陆海（运河）。首先它们提示的是地理位置，其次“陆”与“海”的关系是平面上的连接关系，即从“海”过渡到“陆”，或从“陆”过渡到“海”。但一旦“陆海”进入诗歌领域，而且是进入当下重视词语分析的当代诗语境，这个词的意义将要被刷新了。

首先，词语的陌生化效果。近三十年来的当代诗坛对于“陌生化”一词决不陌生，它对于执着于“语言更新”的年轻一代诗人的影响更巨。提出“陌生化”概念的俄国文学批评流派形式主义的主要代言人什克洛夫斯基把语言艺术首先看作是一种“词语构造”，认为研究文学理论就是研究词的内部规律性，分析作品时不必重视其思想内容：“新的形式并不是为了去表现新的内容，而是为了去取代已经失去了艺术性的旧形式。”最基础的“新的形式”首先就是“择词”，其中一种方式在同义词中选择最少被使用又恰如其分的词汇，我称之为“选词”，另一种是通过字与字的新搭配，构成新的词语（造词），从而在最小的单位上重组新的艺术形式。例如“陆”与“海”的搭配，“捉”与“刀”的搭配，“杀”与“瓜”的搭配，“绿”与“舌”的搭配，等等。另外一种方式是，将其他领域的词汇引入诗歌领域，这个领域与诗歌领域越遥远，效果越好（引词）。例如将属于科学领域的天文学词汇引入属于人文领域的诗歌，又如将更想是军事和气象领域的“陆海”引入诗歌领域。

其次，“陆海”一词带来的形象化效果。什克洛夫斯基同时认为诗歌就是对受日常生活感觉方式支持的习惯化过程起反作用，其目的就是要颠倒习惯化的过程，使人们如此熟悉的东西“陌生化”。“陌生化”对语法规则的偏离，除了隐喻、象征、拼接、跨跳等手法之外，还有重要的一项就是“叠加意象”。如前示，“陆”与“海”的关系是平面上的连接关系，即从“海”过渡到“陆”，或从“陆”过渡到“海”。但我认为在此诗之中，“陆”与“海”的不是平面上的“连接关系”，而是与中国传统的“天圆地方”观念相连接的“承载关系”，即“陆上之海”。陆为“方”，无边无际，海为“圆”，圆润饱满。在形象上，就如大地上滚动的一滴巨大的有着蔚蓝颜色以及强大内在力量的水珠。

再次，“固体风暴”一题以及正文带来的“词语的对撞”体验。在“择词”（包括“选词”、“造词”和“引词”）这种最基础的形式之后，下一步构建新艺术形式的方式是词语与词语的搭配（或称“词语的对撞”），例如“人体的速度”、“雪变得棘手”、“充电的舞池”等等，它们都试图在新鲜感、刺激感、形象性方面加深词语的表现力。在《固体风暴》一诗中，至少有以下搭配经历了“词语的对撞”，类似在核反应的过程中，产生了不同于入射弹核和靶核的新的原子核，并释放了巨大能量：固体的风暴，坚硬的波涛，文字固定高山的全部雄伟。“风暴”的狂暴、变化莫测，因其“坚硬”而产生更强大“压迫感”，并在形象上生成铁器般的“锐利感”，“刺破”万物，生成更强的摧毁力。而“坚硬的波涛”只是“固体的风暴”的另一种表达。“高山，让我用恰当的文字固定你那美的全部雄伟”则是用“渺小”、“具象”的事物去连接和碰撞“宏大”、“抽象”的事物，从而强调了文字－诗歌－诗人个体的巨大力量，明显具有浪漫主义情怀。

图书在版编目（C I P）数据

诗歌风尚·迷人的踌躇 / 娜仁琪琪格主编. -- 武汉：
长江文艺出版社，2016.4
ISBN 978-7-5354-8665-3

Ⅰ. ①诗… Ⅱ. ①娜… Ⅲ. ①诗集—中国—当代
Ⅳ. ① I227

中国版本图书馆 CIP 数据核字（2016）第 054232 号

责任编辑：沉 河 谈 骁　　责任校对：陈 琪
封面设计：苏笑嫣　　责任印制：左 怡 包秀洋

出版：
地址：武汉市雄楚大街 268 号　　邮编：430070
发行：长江文艺出版社
电话：027—87679360
http://www.cjlap.com
印刷：三河市宏顺兴印刷有限公司

开本：720 毫米 ×1020 毫米 1/16　　印张：14
版次：2016 年 4 月第 1 版　　2016 年 4 月第 1 次印刷
行数：5568 行

定价：35.00 元